AF534799

Der Schriftsteller **Stefan Sebastian Kassner** lebt mit seinem Hund, dem Boston Terrier Goliath, auf Mallorca. Die Ideen für die genreübergreifenden Projekte kommen oft aus Träumen und werden auf langen Hundespaziergängen weiter ausgearbeitet. Weitere Informationen zum Autor und seinen Projekten unter www.stefan-kassner.de

STEFAN S. KASSNER

BITTERSÜßER MORD

Erstausgabe Juni 2023

Poison Bakery

ISBN 978-3-98778-369-2
E-Book-ISBN 978-3-98637-776-2
Hörbuch-ISBN: 978-3-98778-365-4

Covergestaltung: Anne Gebhardt
Umschlaggestaltung: ARTC.ore Design
Unter Verwendung von Abbildungen von
shutterstock.com: © Pajor Pawel
elements.envato.com: © PixelSquid360, © Ramzehhh, © alexdndz
stock.adobe.com: © jat306, © by-studio, © phatthanit, © Paul,
© TVIT
Lektorat: Daniela Guse
Satz: dp DIGITAL PUBLISHERS GmbH
Druck und Bindung: Books on Demand GmbH, Norderstedt

Für meine Oma

Zwei Generationen hast du mit Liebe auf den Weg geholfen und konntest dich am Ende deines Weges in deren Hände geben – wir werden dich niemals vergessen.

Frag dich nicht, was die Welt braucht, sondern frage dich selbst, was dich lebendig werden lässt. Und dann geh und tu das. Denn was die Welt braucht, sind Menschen, die lebendig geworden sind.

(Howard Washington Thurmann)

Kapitel 1

„Und das funktioniert tatsächlich?“ Ich runzele die Stirn.

„Ihr backt ein Auslöseband in den Kuchen.“ Philipps Augen leuchten, und ich frage mich nicht zum ersten Mal, was diese Verbindung noch hervorbringt.

Wie um das zu unterstreichen, streift mein Blick Terrys Bauch. Hat der an Umfang zugenommen? Würde sie mir das nicht sagen? Bestimmt würde Terry sich nicht von Philipp schwängern lassen, aber, wie gesagt, die gesamte Beziehung der beiden war etwas, das ich bis vor Kurzem für unmöglich gehalten hätte.

Auch ihr Umgehen miteinander hätte ich niemals so erwartet. Anfangs vermieden sie Körperkontakt und begegneten einander eher kumpelartig, zumindest in meiner Gegenwart. Was in mir die Gewissheit heranreifen ließ, dass Terry nicht der Typ war für Süßholzraspelei, falsch gedacht.

„Du hast so geile Ideen“, schwärmt Terry und drückt Philipp einen Kuss auf den Mund.

Der errötet zart und entgegnet: „Du hast die geilen Ideen, ich verfeinere die allenfalls.“

„Bist du süß.“

Ich verziehe den Mund, als würde ich einen sauren Drops lutschen, und irgendwie stimmt das auch. Die in Liebe entbrannten Terry und Philipp sind nur schwer zu ertragen, und das heißt nicht, dass ich ihnen ihre Liebschaft nicht gönne. Ganz im Gegenteil. Doch ich sehne mich nach Unterhaltungen zu zweit und ohne dass der Name Philipp oder eine Koseform in jedem dritten Satz fällt. Bin ich zu hart?

„Sorry, Linny", gibt sich Terry kleinlaut und lehnt ihren Kopf an meine Schulter. „Wir sind schon anstrengend, oder?"

„Joa", mache ich, da ich einerseits nicht lügen, andererseits weder meine Freundin noch meinen Ex-Freund, wenn man ihn so bezeichnen kann, vor den Kopf stoßen möchte. „Aber wo kommt das Konfetti hin und der Auslöser, und wie verhindern wir, dass ein unachtsamer Kunde eines oder beides verspeist?", versuche ich das Gespräch wieder auf das Thema unseres Treffens zu lenken. Das ist nämlich eine neue Kreation Terrys und, wie ich soeben erfuhr, Philipps: Ein Konfettikuchen.

Der Clou an der Sache ist oder soll sein, dass er beim Anschneiden Konfetti versprüht. Für mich eindeutig zu viel Schnickschnack, aber die Begeisterung, mit der Terry und Philipp ihre Kreation präsentieren, hat etwas Rührendes.

„Wir nutzen eine Springform", sagt Terry. „Damit bleibt in der Mitte eine Öffnung frei, in der die Konfettipatrone Platz hat."

„Aha", mache ich. Kanone ist ein Wort, das meines Erachtens bei einem Kuchen nichts zu suchen hat.

„Der Auslösekontakt steckt in einer Papierschablone, die dem Kuchen nach dem Backen aufgelegt wird, und wenn dann jemand den Kuchen anschneiden möchte."

Philipp macht eine Pause. „Kabumm!", ruft er dann, und Terry bricht in gackerndes Gelächter aus.

„Und für wen soll dieser Kuchen sein? Al-Kaida?", frage ich und bin mir durchaus des schnippischen Untertons bewusst. Wenn die beiden schon ununterbrochen zusammenhocken, kann dann nicht etwas Vernünftiges dabei herauskommen?

„Überleg dir mal, wie ein solcher Kuchen bei den Leuten ankommen würde." Philipp deutet auf seine Skizze, die einen Kuchen zeigt, aus dessen Mitte Konfetti katapultiert wird.

„Ich überlege, was unseren Gästen passieren kann bei derartigen Backexperimenten." Ich stehe auf. Diese Besprechung ist für mich beendet.

„Komm schon, Linny." Terry hält mich am Arm fest.

„Terry, wir hatten genügend Erlebnisse mit außer Kontrolle geratenen Backwerken. Ich bin für geschmackliche oder Formvariationen offen, aber für nichts, was unsere Gäste unter Drogen setzt oder in ihrem Mund explodiert."

„Jetzt übertreibst du aber." Philipp verschränkt die Arme vor der Brust.

„Philipp, sei mir nicht böse, aber es ist Terrys und mein Café, und Entscheidungen treffen wir gemeinsam und einstimmig. Danke für deine Mühe, aber ich möchte, dass du dich in Zukunft aus Angelegenheiten, die unser Geschäft betreffen, heraushältst." Ohne eine Antwort abzuwarten, verlasse ich die Küche und gehe auf mein Zimmer.

Eigentlich ist alles gut. Was das Café anbelangt zumindest. Wir scheinen es endlich geschafft zu haben, erwirtschaften zwar keine Reichtümer, aber einen Verdienst, mit dem wir zufrieden sind. Der Montag ist jetzt ein fester Ruhetag, und Terry hat das Ausfahren von Medikamenten eingestellt. Nur ab und zu hilft sie aus, wenn Mrs Norch sie bekniet, da wirklich Not am Mann ist.

Eigentlich bedeutet, dass geschäftlich alles gut ist, nicht aber, was mein Liebesleben anbelangt. Damit könnte ich leben, hätte ich nicht die dauerturtelnden Terry und Philipp vor der Nase. Auch, wenn es nicht ihre Absicht ist, führen sie mir vor Augen, dass ich immer noch Single bin. Schlimmer. Unglücklich verliebt. Als wäre das nicht genug, kann ich mit Terry nicht mal darüber reden. Zwar würde sie mir zuhören und Rat geben, aber seit Philipp in ihrem Leben ist, habe ich den Eindruck, dass das nur noch mit einem Ohr geschieht. Außerdem ist mir der Gedanke, dass etwas von meinen Bekenntnissen zu Philipp durchsickert, unerträglich. Auch hier weiß ich, dass Terry niemals mit Absicht etwas ausplaudern würde, aber, wie ich schon ausführte, kenne ich die verliebte Terry nicht gut, und selbst ein unbeabsichtigtes Entschlüpfen wäre mir unangenehm. Zumal Philipp und ich eine komplizierte Vergangenheit teilen.

Somit bleibe ich seit Wochen mit meinen Gedanken für mich. Im Grunde, seit der Pinguin des Mordes an seiner Frau überführt werden konnte. Was auch der Zeitpunkt meines letzten Kontakts zu Bruce, dem sicherlich attraktivsten Detective Chief Inspector der Metropolitan Police, ist, der wiederum der Grund für all diese Gefühle ist, die mir das Herz schwer machen.

Unser unrühmlicher Versuch, Dr. Sullivan auf die Schliche zu kommen, gefolgt von Bruce' Rüge, dann der Verdacht gegen mich, dass ich einen falsch deklarierten Kuchen verkaufte, der die Frau vom Pinguin das Leben kostete, irgendwie erscheint mir dies alles keine gute Basis, um darauf eine Beziehung zu begründen.

Und doch gehen mir Bruce' braune Augen nicht aus dem Kopf, sein lockiges Haar, der Dreitagebart, dessen Kitzeln ich nur zu gerne auf meiner Haut spüren würde. Nein!, beschließe ich. Ein weiteres Mal von unzähligen Malen, in denen ich gedanklich durchgespielt habe, welche Möglichkeiten der Kontaktaufnahme ich hätte und wie diese verlaufen würden. Um es vorwegzunehmen, sie steuern allesamt auf ein Ergebnis zu, nämlich, dass ich mich lächerlich mache. Weshalb ich sie jedes Mal verwerfe.

Es klopft an der Tür. „Ja", sage ich.

Durch den Türspalt schiebt Terry ihren Kopf. „Alles in Ordnung, Linny?"

Ich nicke halbherzig.

Terry tritt ein und schließt die Tür hinter sich. „Ich hätte niemals für möglich gehalten, so zu werden und würde mich wahrscheinlich zum Mond schießen, wenn ich an deiner Stelle wäre." Sie steckt die Hände in die Hosentaschen und betrachtet ihre Schuhe.

„Es ist nicht deine, eure Schuld. Ihr seid frisch verliebt, da gehört das dazu. Wir müssen das nur vom Geschäftlichen trennen, weißt du?"

„Klar."

„Ich neide dir dein Glück nicht." Das hört sich an, als sei das Gegenteil der Fall, finde ich und füge daher zügig hinzu: „Ich bin nicht eifersüchtig oder so." Was rede ich bloß?

Ich stehe auf und gehe zu Terry. „Das hört sich total schräg an, ich weiß." Ich verdrehe die Augen und grinse.

„Allerdings." Terry beginnt zu lachen, und ich bin froh, dass sich die Spannung damit löst.

„Es ist wegen Bruce", platze ich endlich heraus. Schließlich ist Terry immer noch meine Freundin, und ich möchte ihr gegenüber ehrlich sein. Meine Äußerungen zuvor haben außerdem gezeigt, dass ich mich eher um Kopf und Kragen rede, wenn ich die Dinge nicht klar anspreche. „Ich muss immer an ihn denken, obwohl ich weiß, dass ich ihn mir aus dem Kopf schlagen sollte."

„Warum denkst du das?"

„Unser letzter Kontakt?" Ich gehe zu meinem Bett und lasse mich seufzend darauf fallen.

Terry setzt sich neben mich. „Du machst dir viel zu viele Gedanken. Es war eindeutig, dass er Interesse an dir hat. Warum sollte ihn unsere Aktion davon abbringen?"

„Keine Ahnung. Aber inzwischen sind fast vier Wochen vergangen. Irgendwie ist es doch komisch, wenn ich mich jetzt plötzlich aus der Versenkung zurückmelde?"

Terry streichelt mir den Oberschenkel. „Viel zu verkopft, Linny. Bruce hat seinen Job gemacht, und wenn wir ehrlich sind, haben wir ihm, insbesondere du, dabei geholfen."

„Ob er das genauso sieht?“, murmele ich, besinne mich dann gleich dessen, was Terry mir geraten hat. „Den Kopf ausschalten“, sage ich.

„Ganz genau.“

Ich schicke Terry zurück zu ihrem Lover, die beiden möchten noch etwas trinken gehen, aber ich schlage die Einladung aus. So lieb ich Terry habe und ihr für ihre Aufmunterung dankbar bin, ich kann keine weiteren Zärtlichkeiten zwischen ihr und Philipp ertragen. Für heute zumindest.

Kapitel 2

Traurig sieht sie aus, wie sie auf die perfekte Schaumkrone ihres Cappuccinos starrt. Keine Ahnung, warum das Mädel, mutmaßlich in meinem Alter, meine Aufmerksamkeit mehr auf sich zieht als die übrigen Gäste, überwiegend Shopping-Jünger mit vielen bunten Tüten. Vielleicht ist es gerade das, denke ich. Es ist, als habe sich um die junge Frau eine Blase der Stille gelegt, während um sie herum geschwatzt und gelacht, in Einkaufstüten gewühlt und auf Handydisplays getippt wird.

Sie sitzt nur da und glotzt weiterhin auf ihre Tasse, als wisse sie nicht, was sie damit anstellen solle. „Kann ich dir vielleicht mit einem Stück Kuchen eine Freude machen? Unser Käsekuchen ist legendär", sage ich, nachdem ich an ihren Tisch getreten bin.

Sie sieht auf, und es wirkt, als hätte ich sie geweckt. Ihr Blick klärt sich, dann sagt sie: „Käsekuchen hört sich toll an. Danke."

„Gerne." Ich freue mich, ihr ein Lächeln entlocken zu können. Als ich ihr den Kuchen serviere, flüstere ich: „Der geht aufs Haus." Und zwinkere ihr verschwörerisch zu, um mich im gleichen Moment zu maßregeln, dass ich nicht jedem Gast, der mir leidtut, Kuchen schenken kann.

Ein erneutes Lächeln, breiter und irgendwie ehrlicher als das zuvor, zeigt mir, dass ich richtig gehandelt habe. „Vielen Dank." Das kommt von ganz tief innen, als würde sie sich für viel mehr bedanken als ein Stück Kuchen.

Das rührt mich, gerne würde ich mich weiter mit ihr unterhalten. Ihre Augen werden von den dicken Gläsern der großen Brille, die ihr Gesicht nach unten zu drücken scheint, vergrößert und geben ihr, gepaart mit den roten Pausbacken, eine kindliche Erscheinung.

„Soziales Projekt?", empfängt mich Terry bei meiner Rückkehr zum Tresen.

„Tut mir irgendwie leid", antworte ich mit Blick auf unseren stillen Gast, der sich über den Käsekuchen hermacht. Obwohl ihr der zu schmecken scheint, weicht die Melancholie, die ihr gesamtes Wesen durchdringt, nicht von ihr.

„Liebeskummer?", mutmaßt Terry.

Ich zucke mit den Schultern, aber eine Ahnung sagt mir, dass dies nicht der Fall ist. Liebeskummer, und ich weiß schließlich, wovon ich spreche, erscheint mir zu profan. Dieser Frau zieht eine Traurigkeit Mundwinkel und Blick gen Boden, die tiefer wurzelt.

Viel Zeit bleibt mir nicht, unseren Gast weiter zu studieren, denn die Shopping-Willigen wollen alle zur gleichen Zeit weiter und somit zahlen, was Terry und mich auf Trab hält. Als ich das nächste Mal zum Tisch schaue, an dem sie saß, ist sie verschwunden. „Hast du sie abkassiert?", frage ich Terry und deute auf den Tisch, auf dem Tasse und leerer Teller noch von der Anwesenheit der Frau künden.

„Die Eule?“, fragt Terry, und ich benötige einen Moment, um den Spitznamen zuzuordnen. Ich muss zugeben, dass die Frau, mit ihren durch die Brille vergrößerten Augen, mich ebenfalls an einen solchen Vogel erinnert.

„Nö“, antwortet Terry und hält das Kännchen mit Milch unter die Aufschäumdüse der Kaffeemaschine. „Die wird doch nicht die Zeche geprellt haben?“

Ich schüttele den Kopf. „Das kann ich mir nicht vorstellen.“

„Das schließt es nicht aus.“

Stimmt. Somit gehe ich an den Tisch, den ich ohnehin abräumen und abwischen muss. Unter der Untertasse klemmt etwas. Ein Zettel und eine Zehnpfundnote, eine fürstliche Entlohnung für einen Cappuccino, denn den Kuchen habe ich ihr ja geschenkt. Und selbst wenn ich das nicht getan hätte, würden zehn Pfund für Kuchen, Cappuccino und ein wenig Trinkgeld reichen.

Ich falte den Zettel auseinander und lese:

Dankeschön für den Kuchen, der sehr gut geschmeckt hat. Das hat mir gutgetan.

„Und?“ Terry sieht mich erwartungsvoll an, als ich mit Geld und Zettel in der Hand zum Tresen zurückkehre.

„Wie ich sagte, keine Zechprellerin“, entgegne ich, nicht ohne einen gewissen Stolz, dass ich richtig lag.

„Fanpost?“ Terry deutet auf das Papier in meiner Hand, den ich ihr daraufhin reiche. Terry liest die zwei Sätze. „Das ist süß“, sagt sie dann.

„Jetzt tut sie mir fast noch mehr leid.“

„Wir können nicht die Welt retten, Linny. Selbst du nicht.“

„Schon klar." Ich spreche nicht aus, was ich denke, dass die Reaktion der Frau und die Notiz für mich wirken, als würde sie um Hilfe rufen oder zumindest Kontakt suchen.

„Übernimmst du die Bestellung?" Terry nickt in Richtung des Tisches, an dem zuvor die Eule saß und der sogleich wieder von einem Pärchen eingenommen wird.

„Klar doch."

Das Pärchen entpuppt sich als schwerer Fall, insbesondere sie. Brünett und Kaugummi kauend lässt sie sich von mir sämtliche Allergene runterbeten, die in unseren Backwerken vorhanden sein könnten. Um nach, gefühlt, Stunden abzuwinken und zu sagen: „Ich will doch nur einen Kaffee." Das entlässt mich jedoch nicht aus der Verantwortung, ihr nun unser Milch- und Milchgetränkeangebot vorzustellen.

„Du hast nicht zufällig einen Prototypen eures Bombenkuchens gebacken?", frage ich Terry, die gerade einen Kuchen aus unserer Kuchenvitrine genommen hat, um ein Stück davon abzuschneiden.

Terry grinst. „Du meinst den Konfettikuchen?"

„Anstatt Konfetti könnte der doch mit Lebensmittelfarbe gefüllt sein?", überlege ich laut.

Terry macht große Augen. „Muss ich mir Sorgen machen?"

„Die Tussi da drüben ist eine Zumutung. Erst wollte sie sämtliche Allergene aufgezählt haben und nimmt dann gar keinen Kuchen."

„Hat sie wahrscheinlich genervt, dass ihr Kerl dich interessiert angeglotzt hat."

„Mach keinen Quatsch!" Ich winke ab.

„Wenn mir das von hier auffällt“, Terry führt den Satz nicht zu Ende.

Ist Terrys Beobachtung zutreffend? Irgendwie habe ich mich daran gewöhnt, nicht das sexyeste Chick im Raum zu sein, muss aber zugeben, dass ich seit der Pinguin-Geschichte wieder regelmäßig ins Fitnessstudio gehe und außerdem wieder mehr auf Haar und Make-Up achte. Unterschätze ich meine Wirkung auf die Männerwelt?

Ich beschließe, mich auch mal aufreizend zu geben und achte beim Gang mit der Bestellung zum Tisch von Miss Allergen und ihrem Lover auf eine besonders aufrechte Körperhaltung und Hüftschwung und schenke ihm beim Servieren einen gekonnten Augenaufschlag. Tatsächlich sehe ich aus dem Augenwinkel, dass Miss Allergen die Luft anhält.

„Miss Fleet. Du verkommenes kleines Flittchen“, flüstert Terry, die absichtlich meinen Weg kreuzt, als ich mich umdrehe, um den Tisch zu verlassen.

Das Leben geht manchmal sparsam mit den guten Augenblicken um oder begrenzt deren Dauer gnadenlos. So auch heute. Denn während ich mich noch darüber freue, mal für sexy gehalten worden zu sein, sogar einer hübschen Tussi Konkurrenz zu machen, geht die Tür auf, und er tritt ein.

Die braunen Augen tasten sich durch den Gastraum und treffen dann auf meine. Ein kurzes Lächeln, das in meinem Magen explodiert. Ich überlege, ob ich den positiven Schub der soeben gemachten Erfahrung nutzen kann, um auch Bruce in meinen Bann zu schlagen, da tritt sie ein: Blondes, langes Haar, Wespentaille und Schmollmund.

Mein kurzes Aufatmen, dass sie nicht zusammen gehören müssen, wird von der nächsten Szene torpediert. Bruce dreht sich zu der Dame um, während er auf die Theke zugeht, um ihr etwas zu zuraunen, woraufhin ihr Gesicht durch ein äußerst charmantes Lächeln aufblüht. Die beiden kennen einander nicht nur, das ist echte Sympathie.

„Das ist eine Überraschung“, gehe ich in die Offensive, als Bruce und die Blonde am Tresen eintreffen.

„Ich wollte Lindsey mein Lieblingscafé zeigen sowie die Spürnase, die entscheidend zur Lösung des Woodsborough-Falls beigetragen hat“, sagt Bruce.

Ich öffne den Mund, um dieses Kompliment sogleich wieder zu entkräften, doch Terry kommt mir zuvor. „Gestern erst habe ich Linn gesagt, wie stolz sie auf sich sein kann, dass sie die entscheidende Information beitragen konnte.“

Lindsey nickt mir anerkennend zu, und mir schießt die Hitze in den Kopf.

„Wir können bei der Polizei gute Mitarbeiterinnen gebrauchen“, sagt Lindsey.

„Danke für das Angebot.“ Ich versuche mich an einem Lächeln. „Aber ich liebe meinen Job.“

„Das weiß ich.“ Bruce wirft mir einen Blick zu, den ich nicht deuten kann. Liegt darin anerkennende Begeisterung, wie mein kribbelnder Bauch mir weismachen will?

„Ein schönes Café.“ Lindsey lässt ihren Blick durch den Gastraum schweifen.

„Dankeschön.“ Ich bin an die Kaffeemaschine getreten und klopfe den Siebträger aus. „Was darf ich Ihnen anbieten. Cappuccino, Latte macchiato, Milchkaffee?“

„Milchkaffee."

„Kommt gleich und ein doppelter Espresso." Bei den letzten Worten sehe ich Bruce an, der freudig nickt.

Das Café bleibt gut besucht, und so bleibt nur wenig Zeit, um mich mit Bruce und Lindsey auszutauschen. Ich erfahre, dass sie von Brighton nach London zog, da ihr Brighton zu provinziell gewesen sei. Lindsey wurde in London geboren und wuchs in der City auf, verließ die dann, der Liebe wegen, wie sie es ausdrückt, um in Brighton ihre Ausbildung abzuschließen. Auch sie arbeitet bei der Polizei.

Als Bruce und sie gehen, sehe ich ihnen nach und frage mich, ob sie vertrauter miteinander umgehen, als es eine kollegiale Verbindung vermuten lässt? Ob Bruce nach wie vor Interesse an mir hat und ich seinen Blick richtig deute?

„Ich glaube nicht, dass da was läuft." Terry legt mir von hinten eine Hand auf die Schulter.

„Lindsey ist freundlich und sehr hübsch."

„Und doch muss sie nicht sein Typ sein."

Das möchte ich gerne glauben, aber eine Ahnung sagt mir, dass ich dabei bin, das Rennen um Bruce zu verlieren. Womöglich habe ich das bereits.

Kapitel 3

„Ich glaube das einfach nicht“, flüstere ich.

„Wenn ich es dir doch sage. Eine Frauenstimme.“ Terry flüstert ebenfalls.

Man könnte meinen, es ginge um ein Staatsgeheimnis, und in unseren Augen ist es auch eines, betrachtet man unsere WG als einen Staat und Terry und mich als Parlament. Zumindest einen Teil davon. Wahrscheinlich bekleide ich in dieser Analogie den Posten des Innen-, Terry den des Außenministers.

Die sensationelle Neuigkeit betrifft unseren IT-Minister, Randall, denn anscheinend hat Shauns Umstyling Früchte getragen. Terry will auf dem Weg zur Toilette aus Randalls Zimmer eine Frauenstimme gehört haben.

Nach dem langen und anstrengenden Tag im Café will ich eigentlich nur ins Bett, doch meine Neugierde ist geweckt, und Terry und ich werden uns so lange in der Küche herumdrücken, bis wir Genaueres zu Randall und seinem Damenbesuch erfahren haben.

„Können wir nicht Shaun fragen?“, schlage ich vor.

„Der ist nicht da. Womöglich schon auf dem Weg zum Club.“

Ich schaue auf die Uhr. Sieben. „Eigentlich nicht seine Zeit.“

„Kann sein, dass er vorher ins Fitnesscenter ist.“

Terrys Entgiftung Shauns, indem sie ihn von Viagra auf ein Placebo setzte, hat einiges in unserer WG zum Positiven verändert. Shaun rammelt nicht mehr alles, was ihm vor den Schritt läuft, und wenn es ihm sogar gelungen ist, dem menschenscheuen Randall eine Frau zu verschaffen, werde ich ihm wohl huldigen müssen.

Ich will etwas sagen, aber Terry hält den Zeigefinger an die Lippen. Jetzt höre auch ich, was Terry zu ihrer Schweigegeste veranlasste. Die Stimme der Frau und Randalls sind deutlich zu vernehmen, da die beiden sich durch den Flur in Richtung Küche bewegen. Da Randalls Zimmer am äußersten Ende des Flurs ist, dauert das einige Sekunden.

Zu hastig verwandele ich mein Umdrehen, sitze ich doch mit dem Rücken zur Küchentür, in ein Aufstehen und knalle kurzerhand mit dem Stuhl auf den Fliesenboden. Das tut nicht nur weh, sondern beschert mir einen ungewollt großen Auftritt.

„Oh Mann, Linny. Hast du dir wehgetan?“, fragt Terry, die sich neben mich gehockt hat.

Ich schüttele den Kopf, während mein Blick zur Tür geht, in der Randall nebst seinem Frauenbesuch steht. An Randalls Anblick ohne seine Nerdbrille muss ich mich erst noch gewöhnen, Shaun verordnete ihm im Rahmen des Umstylings Kontaktlinsen.

„Geht es dir gut?“, fragt er.

Ich rappele mich auf und ignoriere den Schmerz in meinen Händen, mit denen ich den Sturz abgefangen habe. Ist das peinlich! „Alles gut. Ich sollte halt nicht mit dem Stuhl wippen.“ Ich werfe Randalls Begleitung einen Blick zu und füge hinzu: „Dumme Angewohnheit.“

Randall bemerkt meinen Blick, deutet auf die blonde Frau, die einen Kopf kleiner ist als er: „Das ist übrigens Gaby." Er zeigt erst auf mich, dann auf Terry und führt aus: „Das sind Linn und Terry."

Ehe ich mich versehe, ist Gaby auf mich zugestürmt und drückt mich an ihren üppigen Busen. „So schön, dich kennenzulernen." Im Anschluss wiederholt sich die Szene mit Terry und ihr.

Normalerweise halte ich nichts von Leuten, die zu schnell auf Tuchfühlung mit einem gehen, aber bei Gaby erscheint es authentisch. Mit ihren roten Wangen und den großen blauen Augen hat sie etwas Kindliches. Obwohl ich sie gerade erst kennenlerne, wirkt sie wie eine Partnerin, die zu Randall passt.

„Na, ihr zwei?" Terry grinst. „Wo habt ihr euch denn kennengelernt?"

„Na ja, also ...", beginnt Randall, und Gaby berührt ihn vorsichtig am Arm. Eine Geste, die mein Herz erwärmt. Die beiden wirken schon jetzt wie ein eingeschworenes Team.

„Ich bin Test-Spielerin bei der Firma, für die Randall Computerspiele entwickelt. Und das letzte Projekt erforderte eine intensive Zusammenarbeit und ..." Sie wirft Randall einen schmachtenden Blick zu, weitere Worte sind überflüssig.

„Wow!" Terry klatscht in die Hände. „Ich freue mich für euch."

„Ich mich auch." Ich hoffe, das klingt nicht aufgesetzt. Wenn ich ehrlich bin, bin ich immer noch baff von dieser Neuigkeit und muss, wenn auch ungern, zugeben, dass es schmerzt. Nicht nur Terry hat ihr Liebesglück gefunden, sondern sogar Randall, bei dem ich niemals damit gerechnet hätte. Nur ich bleibe allein, glücklos in Liebesdingen.

Als ich später im Bett liege, starre ich in die Dunkelheit und frage mich, ob es an mir liegt. Bin ich nicht liebenswert oder schlicht zu verkopft, wie Terry beklagt? Aber wie soll ich meinen Kopf abstellen? Mit dem Kopf?

Ich wälze mich im Bett herum, bis das Geräusch der Eingangstür von Shauns Heimkehr kündet. Zwar war die in den letzten Wochen meist ruhig, aber es fällt mir schwer, zu glauben, dass Shaun nachhaltig zölibatär bleiben wird. Soll er auch nicht, aber eine, sagen wir mal, eingeschränkte Aktivität wäre wünschenswert. Meine Hoffnung scheint erfüllt zu werden, ich höre nur die Badezimmertür und später Shauns Zimmertür, kein Gespräch, keine Frauenstimme und keine Porno-Synchronisation.

Heute hätte ich damit leben können, denn ich rotiere weiterhin etappenweise um meine Längsachse. Um vier Uhr morgens und damit einige Stunden früher, als ich aufstehen müsste, beende ich meine Nacht, ohne dass sie richtig begann. Ich entscheide mich für eine Katzenwäsche, um die anderen nicht mit dem Geräusch der Dusche zu wecken, und mache mich auf den Weg zum Café.

Es ist bereits hell, auch ein Grund, warum ich den Sommer so liebe. Obwohl wir mitten in der Stadt leben, lässt sich sogar Vogelgezwitscher vernehmen, wohl auch, weil die City noch dabei ist, zu erwachen.

Im Café angekommen, begebe ich mich sogleich in die Backstube. Ich rühre einen Käse-, dann einen Möhrenkuchen und schiebe beide in den Ofen. Dann gehe ich in mein Abstellkammerbüro und kümmere mich um die Bestellungen. Es ist einer dieser Tage, an denen alles wie am Schnürchen läuft. Die Kuchen sind genau in dem Augenblick fertig gebacken, als ich mit den Bestellungen durch bin. Während sie auskühlen, bereite ich den Gastraum vor, um mich anschließend an die Buchhaltung zu setzen.

Ich zucke zusammen, als ich Terrys Stimme hinter mir höre: „Du bist ja früh dran."

„Konnte nicht schlafen."

„Zu viel Love Vibes um dich herum, oder?"

„Kann schon sein." Ich gähne. „Aber ich will nicht die unglückliche alte Jungfer mimen."

Terry knufft mir in die Seite. „Mach dir mal keine Gedanken. Die Dinge werden sich schon fügen."

Ich nicke und würde Terry gerne glauben, aber die Stimme in meinem Kopf, die mir einredet, ich würde einsam und allein sterben, will nicht schweigen. So vielversprechend der Tag begann, von diesem Moment an ist es vorüber. Nach einer halben Stunde schiebe ich den Buchhaltungskram entnervt beiseite und bin froh, dass wir bald öffnen können.

Als ich zur Eingangstür gehe, um aufzuschließen, blicken mir Augen hinter einer großen Brille entgegen. Es ist die Eule. Ich freue mich richtig, sie zu sehen. „Guten Morgen. Schön, dass du wieder bei uns bist."

Sie lächelt verlegen. „Ich komme von der Arbeit und hoffe, dass ich einen Kaffee und ein Stück von dem phänomenalen Käsekuchen bekommen kann, bevor ich heimgehe."

„Aber gerne doch. Und dieses Mal geht der Kuchen wirklich aufs Haus." Ich halte ihr die Tür auf, und sie zieht den Kopf ein, als sie an mir vorbei in den Gastraum huscht. „Ich habe heute Morgen einen Käsekuchen gebacken, und du bist die Erste, die ein Stück bekommt."

Die Eule nimmt am gleichen Tisch Platz wie bei ihrem letzten Besuch, und ich gehe zum Tresen.

„Du überschlägst dich ja geradezu. Willst du es beim anderen Geschlecht versuchen?", fragt Terry, bemerkt meinen gequälten Blick und fügt hinzu: „Sorry, blöder Witz."

„Ach, schon gut. Ich muss weniger empfindlich sein, und der Witz war gar nicht schlecht." Ich hole den Käsekuchen, der mittlerweile abgekühlt ist, aus der Backstube und schneide ein großes Stück heraus. Dann mache ich mich an die Zubereitung des Cappuccinos und bringe beides auf einem Tablett zum Tisch der Eule.

„Da wären wir. Ganz frischer Käsekuchen und dazu ein Cappuccino."

„Super! Vielen Dank."

Das Tablett in der Hand haltend, bleibe ich einen Moment unschlüssig stehen. Das Gefühl, dass die Frau wieder da ist, weil sie sich etwas von der Seele reden möchte, ist übermächtig. Doch sogleich stelle ich mir die Frage, ob ich falsch interpretiere?

Ich beginne am Nachbartisch, den Tischaufsatz, der Rührstäbchen und Zuckerpäckchen enthält, neu zu sortieren, was unnötig ist, aber so fällt es nicht auf, dass ich noch ein wenig Zeit in ihrer Nähe verbringen will. Als würde mir dies gerade erst einfallen, wende ich mich ihr zu und frage: „Und du hast bis jetzt gearbeitet? Also Nachtschicht gehabt?"

Die Eule, die auf einem Stück Kuchen kaut, nickt.

Eine Nachteule, denke ich. „Arbeitest du in der Klinik? Sorry, geht mich im Grunde nichts an."

„Kein Problem. Ich arbeite bei der Telefonseelsorge."

Damit habe ich nicht gerechnet. „Wow", entfährt es mir. Und weiß nicht, ob das die richtige Entgegnung ist. Mir fällt jedoch nichts Besseres ein. Ein Job als Krankenschwester hätte meines Erachtens nach besser in das Bild gepasst, das ich von der Nachteule hatte.

„Ich heiße übrigens Norah", sagt sie.

„Freut mich."

Sie blickt auf den Aufdruck der Kaffeetasse und fragt: „Und du bist Terry oder Linn?"

„Linn. Terry ist meine beste Freundin und Café-Kumpanin."

Norah sieht zu Terry hinüber, die dabei ist, Kaffee zuzubereiten, denn das Café beginnt sich zu füllen. Ich bin immer noch fasziniert, wie schnell sich die Zeiten geändert haben, wenn ich bedenke, wie trostlos es vor einigen Wochen aussah. Wegen dieser Erfahrungen fällt es mir schwer, loszulassen, ich fürchte jeden Tag, dass die Besucher ausbleiben. Erneut muss ich an Terrys Mahnung denken, lockerer zu werden.

„Es muss toll sein, eine beste Freundin zu haben und mit ihr arbeiten zu können." Die Wehmut in Norahs Blick zerreißt mich nahezu.

Ich sehe ebenfalls zu Terry und frage mich, ob ich zu würdigen weiß, dass ich sie an meiner Seite habe.

„Deine Arbeit hört sich spannend an und extrem wichtig dazu", versuche ich, das Thema zu wechseln.

Norah starrt auf die Tischplatte und nickt langsam. „Spannend ja." Ihre Stimme ist so leise, dass ich mich vorbeugen muss, um sie gegen den immer mehr anschwellenden Lärm des Cafés zu verstehen. „Aber auch sehr anstrengend."

Dann tue ich etwas, was ich mir selbst nicht erklären kann. Ich nehme meinen Bestellblock und notiere meine Handynummer, bevor ich den Zettel abreiße und vor Norah lege. „Hier ist meine Nummer. Wenn du möchtest, meld dich bei mir, und wir treffen uns mal in Ruhe. Dann kannst du mir von deinem Job erzählen."

Norahs große Augen hinter der Brille schwimmen, als sie mich dankbar ansieht. „Dankeschön", sagt sie.

„Dann lasse ich dich mal deinen Kuchen essen." Gerne würde ich mich mit der Nachteule, alias Norah, weiter unterhalten, doch ich möchte und kann Terry nicht alleine mit dem Bedienen der Gäste lassen.

Ich nehme Bestellungen auf und bringe sie an die Tische. Als ich Terry am Tresen treffe, fragt sie: „Und? Wie geht es der Eule?"

„Sie ist sogar eine Nachteule."

„Hmm?"

Schön, dass ich mal bei Terry für Stirnrunzeln sorgen kann. „Sie arbeitet nachts. In der Telefonseelsorge."

Terry stößt einen anerkennenden Pfiff aus. „Und möchte wohl zahlen", sagt sie dann und deutet mit dem Kinn in Richtung Norahs Tisch.

„Heute geht das aber aufs Haus", sage ich, als ich bei Norah ankomme.

„Echt?" Ihre Pausbäckchen werden noch röter. „Das kann ich doch nicht annehmen."

„Kannst du und wirst du." Ich verschränke die Arme und ziehe die Brauen zusammen.

Zunächst schaut Norah verwirrt drein, fast ängstlich, und ich bedaure meinen Scherz bereits. Dann entlädt sich ihre Anspannung in einem Auflachen. „Kurz habe ich wirklich geglaubt, du wärest mir böse."

„Ach Quatsch." Ich lächele ebenfalls. „Wollte dem nur Nachdruck verleihen, weil du beim letzten Mal mein Angebot nicht angenommen hast."

„Das ist so lieb." Sie steht auf. „Einverstanden, also, dieses Mal nehme ich es an." Sie huscht an mir vorbei, als wäre ihr die gesamte Situation peinlich, dann dreht sie sich noch einmal um und sagt: „Danke, Linn. Das ist unglaublich lieb von dir."

„Gerne", entgegne ich.

„Dann bis zum nächsten Mal." Ihre Augen werfen mir durch die große Brille noch einen Blick zu, dann entschwindet sie durch die Eingangstür.

Kapitel 4

„Ich möchte nur, dass es dir gut geht, mein Schatz."

„Das weiß ich, Mom." Ich presse die Lippen zusammen und halte die Bemerkung zurück, dass meine Mutter sich aus meinem Liebesleben heraushalten soll, da ich weiß, dass sie es gut meint. Auch, da wir seit dem Tatverdacht gegen mich besser miteinander zurechtkommen. Besser bedeutet nicht super, jedoch glaube ich, dass ich mir super im Zusammenhang mit meiner Mom abschminken kann.

„Und ein Partner, der dich liebt, mit dem du dich auch mal besprechen kannst, das würde dein Leben doch bereichern."

Trotz aller Bemühungen spüre ich, dass die Wut von innen gegen meine Stirn pocht. „Ich kann keinen Freund online bestellen, Mom, und zum Austauschen habe ich Terry."

Ich erwarte eine bissige Erwiderung in der Art, dass sich ja wohl zeige, wie sehr ich mich auf Terry verlassen könne, wenn die mir den potenziellen Partnerschaftskandidat wegschnappt. Absurderweise hält meine Mutter nämlich Philipp für einen solchen. Wobei ich ehrlicherweise einräumen muss, dass es von ihrer Seite nicht absurd ist, denn ich ließ sie über meine Schwierigkeiten mit Philipp im Dunkeln. Sie kennt ihn nur von ein paar persönlichen Treffen, in denen er stets

Schwiegermutters Liebling mimte. Für sie stellt es sich somit so dar, dass ich einen heißen Typen, der ihr gegenüber auch noch zuvorkommend war, Terry überließ.

Doch meine Mutter scheint den entnervten Tonfall meiner letzten Aussage bemerkt zu haben und ist so klug, es dabei bewenden zu lassen. Vorerst. „Ich sollte mich nicht einmischen."

Damit habe ich nicht gerechnet, und es weicht meine wutverhärtete Front auf. „Ich weiß, dass du es gut meinst, Mom. Aber Philipp und ich, das hat einfach nicht funktioniert, und Terry und er scheinen wirklich happy miteinander zu sein."

„Und du bist ein hübsches und liebenswertes Mädchen."

Was ist heute nur los mit meiner Mom? Zwei positive Aussagen in Folge, ich sollte den Tag im Kalender markieren. „Was hältst du davon, wenn ich morgen vorbeikomme?"

„Das wäre schön. Komm doch zum Mittagessen, dann bekommst du auch deinen Vater mal wieder zu Gesicht."

„Gerne." Ich will mich schon verabschieden, da fällt mir noch etwas ein: „Und Mom?"

„Ja, mein Schatz?"

„Danke, dass du das Beste für mich möchtest."

Damit scheine ich wiederum meine Mom überrascht zu haben. Einen Augenblick herrscht Schweigen, dann entgegnet sie: „Lieb, dass du das sagst."

Nachdem ich aufgelegt habe, sitze ich noch einen Augenblick in meinem Abstellkammerbüro und denke über das, was meine Mutter gesagt hat, nach. Benötigt jeder Mensch einen Partner, um glücklich zu sein und sich über wichtige Dinge austauschen zu können? Eine Frage, die ich mir noch nie gestellt habe und die zeigt, wie tief dieser Glaube in mir verwurzelt ist. Wohl gerade durch meine Mutter, die dies zu einem Glaubensgrundsatz erhoben hat.

„Bist du fertig?"

Ich drehe mich um und sehe in Terrys Gesicht, die in der halboffenen Bürotür steht. Die letzte Stunde des Cafébetriebs hat Terry allein übernommen, damit ich Zeit für die Buchhaltung hatte. Jetzt habe ich ein schlechtes Gewissen, denn bis auf das Telefonat mit meiner Mom und das Verschieben von Papieren von einem Stapel auf den anderen, habe ich kaum etwas zustande gebracht.

„Mach dir nichts draus." Terry kommt zu mir und legt mir einen Arm um die Schultern, mein Gesichtsausdruck spricht wohl Bände. „Der Papierkram läuft dir nicht weg."

„Da bin ich mir sicher." Mein Lächeln ist nicht Ausdruck von Resignation, sondern endlich einmal dem guten Gefühl, Dinge auch mal aufschieben zu können.

„Komm. Wir machen für heute Feierabend."

Ich nicke. „Eine gute Idee. War ein langer Tag."

Als wir durch den Gastraum zur Eingangstür gehen, muss ich an Norah, die Nachteule, denken. „Ich bin sehr froh, dass wir einander haben", sage ich zu Terry.

Sie wirft mir einen Blick zu, als denke sie, ich hätte einen Scherz gemacht. Da mein Gesicht ernst bleibt, runzelt sie die Stirn. „Das klingt irgendwie dramatisch."

„Sollte es gar nicht." Ich schließe die Tür ab und möchte losgehen, aber Terry berührt mich an der Schulter.

„Was ist los?"

„Keine Ahnung. Es ist wegen Norah." Ich bemerke Terrys fragenden Blick und füge hinzu: „Die Nachteule. Ich glaube, sie hat niemanden."

„Vielleicht ist sie ein bisschen freaky."

„Ich vermute eher, dass sie zu zurückhaltend ist."

„Stille Wasser sind tief und oftmals dreckig."

„Sagt die Frau, die stets laut ist."

Terry grinst. „Ich habe ja nicht gesagt, dass bei lauten Personen das Gegenteil der Falls sein muss."

Wir biegen in die Lexington Street ein, und mir fällt ein anderes Thema ein, auf das ich Terry ansprechen möchte. „Was ist eigentlich mit Shaun los?"

„Was soll mit ihm sein?"

„Hast du ihn über deinen Viagra-Austausch informiert?" Ich bleibe vor der Eingangstür zu unserem Gebäude stehen. In der Wohnung wird es schwierig, das Thema näher zu erörtern, denn dann könnte der Betroffene zuhören.

„Wollte ich, aber dann habe ich keine neuen Pillen mehr gefunden."

„Er hat aufgehört, das Zeug einzuschmeißen?"

„Was ja ohnehin besser für ihn ist."

„Und dennoch hast du ihn belogen."

Terry nickt und schiebt die Unterlippe vor. Womöglich war das zu hart von mir. „Angenommen, dein Partner betrügt dich. Ein einziges Mal in einer Bierlaune, mit einer Fremden, die in eurem Leben keine Rolle spielt und die er niemals wiedertrifft."

Ich schlucke und ahne, worauf Terry hinaus will.

„Glaubst du, es ist besser, er erzählt dir davon, oder er behält es für sich?“

„Ich weiß es nicht.“

„Ich ebenfalls nicht, aber Paartherapeuten empfehlen, den Seitensprung für sich zu behalten.“ Terry verzieht den Mund zu einem unsicheren Grinsen, das nicht zu ihr passt. „Linny, ich sage nicht, dass ich das Richtige tue, aber die Situation hat sich doch gebessert. Shaun und Randall verstehen sich so gut wie noch nie. Wir haben ruhige Nächte, und ist ein Lebenswandel, für den Mann Pillen einwerfen muss, nicht bedenklich?“

„Es ist nur ...“ Ich seufze.

„Dein übergroßes Gewissen gibt keine Ruhe, oder?“

„Hmm.“

„Dann stell dir das Szenario vor, wenn ich Shaun alles beichte.“

Vor meinem geistigen Auge sehe ich einen herumbrüllenden Shaun, der vor lauter Trotz wieder beginnt, Frauen mit nach Hause zu bringen und es mit denen auf unserem Küchentisch treibt. Das mag übertrieben sein, aber was Terry sagt, lässt sich nicht von der Hand weisen.

„Und?“, fragt Terry.

„Ich habe das Gefühl, mein übergroßes Gewissen lässt sich von den möglichen Konsequenzen, oder vielmehr, den vermiedenen Konsequenzen überzeugen.“

„Na, siehst du.“ Terry legt mir ihren Arm um die Hüften, drückt mit der anderen Hand die Haustür auf, und wir verschwinden im Hauseingang.

Kapitel 5

„Und ihr könnt wirklich davon leben?“ Der Tonfall meines Vaters klingt, als hätte er mich gefragt, ob ich wirklich der Meinung sei, innerhalb unseres Cafés herrsche Schwerelosigkeit.

„Wir behalten sogar ein bisschen was übrig“, antworte ich und lege den ganzen Stolz, den ich spüre, in meine Worte.

„Tja.“ Mein Vater vollführt eine Geste, die eine Mischung aus Kopfschütteln und Achselzucken darstellt, etwas, das er immer tut, wenn er nicht versteht, wie diese moderne Welt läuft. Zwar ist er mit vierundfünfzig noch nicht alt, betrachtet sich aber als einen Dinosaurier, um den herum sich der gewohnte Lebensraum immer mehr zu etwas Unbekanntem wandelt.

„Habt ihr noch Aufträge im Magnolia Gardens?“, fragt meine Mutter.

„Regelmäßig. Das Heim gehört zu unseren Stammkunden.“ Ich lächele meiner Mutter dankbar zu, die mir so den Ball zugespielt hat.

„Das Magnolia Gardens?“

Fast möchte ich aufstehen und meinen Vater drücken. Wenn er so da sitzt, mit diesem Gesichtsausdruck, der verrät, dass er das Gesagte nicht einordnen kann, fehlt nur, dass er sich umständlich oben am Kopf kratzt, wirkt er fast wie eine Karikatur seiner selbst.

„Wenn es dort einen Anlass zum Feiern gibt, Geburtstage zum Beispiel, dann liefern wir die Kuchen“, versuche ich, Licht ins Dunkel zu bringen.

Die Miene meines Vaters hellt sich auf, und ich kann den Groschen förmlich aufkommen hören, der in seinem Kopf gefallen ist. In Momenten wie diesen fällt es schwer, sich daran zu erinnern, dass mein Vater bis vor wenigen Jahren selbst Geschäftsführer war. Sogar eines exklusiven Herrenausstatters mitten in der City. Das Geschäft übernahm er von seinem Vater, und neben einem guten Verdienst bescherte es auch viele lohnende Kontakte, die insbesondere von meiner Mom gepflegt wurden und werden.

Obwohl es nie offen zur Sprache kommt, weiß ich, dass es meinen Eltern bitter aufstößt, dass ich den Laden nicht übernahm. Dabei ist es nicht einmal das Geschäftsfeld, was sich nicht mit meinen Interessen deckt. Ich kann Kuchen mehr abgewinnen als Anzügen, aber damit hätte ich mich arrangiert. Abgeschreckt haben mich die Kunden. Allesamt Alt-Londoner mit starren Ansichten, die sie nur zu gern mit ihrer Umwelt teilen. Gerade als Frau hätte ich mich nicht nur behaupten müssen, sondern mir ständig verknöcherte Thesen anhören können, warum die Welt auf einen Abgrund zusteuert.

„Du musst dir wirklich keine Sorgen machen, Dad. Du hast deine Tochter doch gut auf die Selbstständigkeit vorbereitet“, schlage ich einen versöhnlichen Ton an.

Mein Vater ergreift meine Hand, die ich ihm über den Tisch entgegengestreckt habe. „Das weiß ich doch, Kind.“

Ich betrachte Dads Gesicht, das kaum Falten zeigt, dafür aber prominente Tränensäcke, über denen seine grauen Augen stets einen melancholischen Ausdruck zur Schau tragen. Nicht zum ersten Mal frage ich mich, ob Dad sich verändert hat, seit er im Ruhestand ist. Da ich ihn zur Zeit seiner Berufstätigkeit selten und dann nur kurz zu Gesicht bekam, tue ich mich mit einem abschließenden Urteil schwer.

Der Signalton meines Handys reißt mich aus meinen Gedanken. Ich drücke Dads Hand, bevor ich sie loslasse und mein Handy aus der Tasche hole.

„Kind, wir sind doch noch zu Tisch. Kann das nicht warten?“ Da ist sie wieder, die alte Mom.

„Ich dachte, wir wären fertig“, murmele ich, während meine Augen bereits die eingegangene Nachricht lesen. Sie stammt von Norah:

Hey! Danke noch mal für den tollen Kuchen, der wieder super geschmeckt hat. Ist vielleicht kurzfristig, aber hättest du heute für ein Treffen Zeit? LG Norah (aus dem Café)

Ich tippe eine Antwort und ignoriere das theatralische Seufzen meiner Mutter, das mir bedeuten soll, dass sie es bald aufgibt mit mir. Ich freue mich darauf, Norah zu sehen, und möchte mehr von ihr erfahren. Außerdem ist heute unser Ruhetag im Café, sodass der Tag günstig ist.

Ich verabschiede mich von meinen Eltern und steige in die Bahn in Richtung City. Meine Eltern haben ihr Haus in Ashtead, nahe London, wo ich aufgewachsen bin, und die Fahrt mit dem Zug dauert ungefähr eine

Stunde. Ich werfe einen Blick auf die Uhr und beschließe, nach der Ankunft direkt zu meinem Treffen mit Norah zu gehen, wofür ich ihr The Old Coffee House vorgeschlagen hab, das, anders als es der Name vermuten lässt, nicht nur Kaffee serviert.

Ich mag den eigenwilligen Pub, der unweit unseres Cafés, ebenfalls in der Beak Street beheimatet ist, mit seinem braunen Interieur, Antilopen und Clowns, die die Wände zieren. Vielleicht ist es gemein, wenn ich dabei an Terry denke oder vielmehr daran, dass mich ungewöhnliche und unangepasste Orte und Personen wohl anziehen.

Im Zug denke ich an Norah und daran, wie viele Menschen in dieser riesigen Stadt einsam sind. Ich muss an Tiere denken, die andere jagen und daran scheitern, wenn die Beute in Schwärmen auftritt. Im Überangebot verliert man den Einzelnen aus den Augen. Lässt sich das auf Menschen in einer Stadt wie London übertragen? Dass wir vor lauter Menschen nicht mehr diejenigen erkennen, die zu uns gehören, oder gehören könnten?

Als der Zug an der Victoria Station stoppt, ströme ich mit einer Gruppe von Fahrgästen aus dem Wagon, um sogleich in die Tube umzusteigen. Es sind nur wenige Minuten bis Oxford Circus, wo ich aussteige, um das letzte Stück zu Fuß zurückzulegen.

Vor dem Eingang zu The Old Coffee House entdecke ich Norah, die mir zuwinkt, als sie mich kommen sieht. Sie strahlt über das ganze Gesicht, als wäre ich eine alte Freundin und nicht eine Frau, die sie erst vor Kurzem und im Grunde noch gar nicht richtig kennengelernt hat.

„Schön, dass du dich gemeldet hast.“ Ich drücke Norah kurz an mich. Womöglich zu viel, aber ich folge weiterhin dem, was mein Bauch mir sagt.

„Ich danke dir, dass du dich mit mir triffst.“

„Nicht dafür.“ Ich deute auf die Eingangstür. „Kennst du den Pub?“

Norah schüttelt den Kopf.

„Anders, man könnte sagen skurril, aber irgendwie liebenswert.“

„Hört sich gut an.“

„Na, dann.“ Ich halte die Tür auf und bedeute Norah, einzutreten.

Einen Tisch zu finden, ist nicht schwer. An einem Montagnachmittag gibt es nicht so viele Trinkwillige. Beziehungsweise müssen die wohl zuvor noch ihrer Arbeit nachgehen.

Ich bin vom Mittagessen bei meinen Eltern noch pappsatt, aber Norah, die heute Nacht arbeiten muss, bestellt sich ein Sandwich. Wir beide nehmen einen großen Milchkaffee.

Als nach dem Wechseln von ein paar Floskeln Norah nur auf den Schaum ihres Milchkaffees starrt, ist mir klar, dass ich das Gespräch in Gang bringen muss. „Ich möchte dich etwas fragen, aber vorausschicken, dass du nicht antworten musst, solltest du nicht darüber sprechen wollen.“

Norah blickt auf und kneift die Augen zusammen, als würde ich ihr, wie bei einem Verhör, mit einer Lampe ins Gesicht leuchten. Fühlt sie sich so? Genau das wollte ich vermeiden, habe aber mit meiner Einleitung genau das Gegenteil erreicht.

Nicht so viel grübeln, sage ich mir und denke an Terrys Hinweis. „Ich finde nur, dass du traurig gewirkt hast, im Café, und du hast ja auch angedeutet, dass das mit deinem Beruf zusammenhängt?"

Norahs Blick plumpst erneut in ihre Kaffeetasse. Ich beschließe, abzuwarten. Auf gar keinen Fall möchte ich, dass Norah sich bedrängt fühlt.

„Ich bin eine Einzelgängerin", beginnt sie, wirft mir einen scheuen Blick zu, bevor sie die Augen erneut niederschlägt. „Das ist kein Problem. Ich bin häufig sogar froh, für mich zu sein. Aber manchmal fehlt es mir, mich mit jemandem auszutauschen."

Ich muss mehrfach schlucken, damit die Frage, die darauf drängt, ausgesprochen zu werden, in meinem Kopf verbleibt: Warum sie dann ausgerechnet bei der Telefonseelsorge arbeitet? Sollten das nicht Menschen sein, die gefestigt sind, selbst keine Probleme haben und damit auf einem stabilen Fundament stehen, das all die furchtbaren Geständnisse aushält, die sie zu hören bekommen?

„Ich weiß, was du denkst." Norahs Mund formt ein trauriges Lächeln. „Warum ich dann ausgerechnet bei der Telefonseelsorge arbeite."

Ich bemühe mich um einen neutralen Gesichtsausdruck. Trotz ihres Vorstoßes wäre es Norah sicherlich unangenehm, würde ich ihr zeigen, dass sie richtig lag mit ihrer Einschätzung.

„Ich möchte gerne helfen. Das möchte ich wirklich. Und vielleicht war es auch der Gedanke, dass die eigenen Probleme unwichtiger, kleiner werden, wenn man wirklich große Probleme löst."

„Ist das so?"

Norah zuckt mit den Schultern. „Manchmal. Aber manchmal auch nicht."

Wir schweigen. Erneut drängt sich mir eine Frage auf, die ich nicht stellen möchte: Ob einen die traurigen Geschichten, die man in einem solchen Job hört, nicht eher runterziehen? Im Grunde muss ich die nicht stellen, sondern lese die Antwort in Norahs traurigem Gesicht.

„Es gibt sogar Fälle, die einen sehr beschäftigen." Norah kaut auf ihrer Unterlippe.

„Kann ich mir vorstellen. Gibt es denn keine Unterstützung durch die Telefonseelsorge für euch, die Mitarbeiter?"

„Doch, klar. Wir haben einen Psychologen, bei dem wir uns im Notfall melden können, und jede Woche werden Meetings abgehalten."

Das „Aber" steht wie der sprichwörtliche rosa Elefant unübersehbar im Raum, und so warte ich ab, bis Norah es ausspricht.

„Irgendwie habe ich Hemmungen, das auszusprechen."

„Was? Dass dir ein Fall an die Nieren geht?"

Norah nickt.

Mein erster Impuls ist, sie zu fragen, wie sie darauf kommt, dann versetze ich mich in ihre Situation und begreife, was ihre Befürchtungen schürt. „Du hast Sorge, man würde dich für untauglich halten."

Der Blick, den Norah mir schenkt, dringt durch bis zu meinem Herz, wo er ein Stechen verursacht. Sie weiß, dass ich sie verstehe. Doch das ist es nicht, was mich so trifft. Ich bin mir sicher, dass es kaum Menschen in Norahs Leben gibt, die das tun. Womöglich bin ich sogar die Einzige.

Ich lege meine Hand auf Norahs, die ineinander verschränkt auf dem Tisch vor ihr liegen und deren weiß hervortretenden Knöcheln ich Norahs innere Anspannung entnehme. Eine Geste, die mehr sagt als viele Worte und die sie erreicht, wie ich ihrem dankbaren Blick entnehmen kann. Es ist verrückt und entspricht nicht meinem Naturell, mich so schnell jemandem so nahe zu fühlen. Norah wirkt wie ein Mensch, dem zu oft übel mitgespielt wurde. Man könnte meinen, dass es Mitleid ist, was mich leitet, doch das stimmt nicht. Norah fasziniert mich. Ich möchte wissen, wer der Mensch unter diesen seelischen Narben ist, die, wie ich vermute, durch Verwundungen aus der Vergangenheit verursacht wurden.

„Es ist nicht nur die Angst, dass man mich für ungeeignet hält. Dieser Job ist mir wichtig, die Menschen sind mir wichtig. Das Gefühl, etwas Sinnvolles zu tun." Norah entzieht ihre Hände vorsichtig den meinen, um ein Taschentuch aus ihrer Handtasche zu kramen.

Ich denke über ihre Worte nach. Wer kann schon von sich behaupten, etwas wirklich Sinnvolles in seinem Job zu tun? Vergleicht man Norahs mit meinem Job, stehe ich klar als Verliererin da. Aber geht es nur darum?

„Womöglich bist du zu hart zu dir selbst", sage ich. „Es ist natürlich ehrenhaft, einen Job wie deinen auszuüben, aber es sollte nicht das einzige Kriterium sein, ob die Tätigkeit sinnvoll ist. Zumindest nicht in der Gewichtung, die du im Auge hast."

„Wahrscheinlich hast du recht."
„Ist das eigentlich dein Hauptjob? Ich dachte, dass die Telefonseelsorge nur ehrenamtliche Mitarbeiter hat?"
„Ich bin gelernte Krankenschwester und habe zunächst ehrenamtlich einige Nächte im Monat bei der Seelsorge gearbeitet. Da ich meine Arbeit wohl gut verrichtet habe, fragte mich die Leitung vor einem halben Jahr, ob ich hauptberuflich dort arbeiten möchte. Es gibt nicht viele Mitarbeiter dieser Art."
„Ist somit eine Auszeichnung."
Norah errötet, und ihre Mundwinkel umspielt ein Lächeln. Ich freue mich, dass mein Lob sie erreicht hat.
„Kann man so sagen." Sie nimmt einen Schluck von ihrem Kaffee. „Meinem Hauptjob in der Klinik konnte ich ohnehin nicht mehr viel abgewinnen. Leider bleibt immer weniger Zeit für den Kontakt mit den Patienten, was der eigentliche Grund für mich war, diesen Beruf zu wählen." Ihr Blick geht in die Ferne.
Obwohl ich nicht gerne in Stereotypen denke, erscheint mir Norah eine Person zu sein, die typischerweise unter dem Helfersyndrom leidet.
„Ist ja nichts Schlechtes, anderen helfen zu wollen", versuche ich meinen Gedanken in eine positive Aussage zu packen.
„Das kommt darauf an." Norah kaut auf ihrer Unterlippe, dann lächelt sie gequält. „Ich habe auch noch ein schlechtes Händchen, was Männer anbelangt."
„Da können wir uns die Hände reichen." Ich muss grinsen und hoffe, dass Norah das nicht falsch auffasst, aber sie lächelt zurück.
„Echt?", fragt sie.

Ich erzähle ihr von Philipp, von unserer langen On-Off-Affäre und dass er jetzt mit Terry zusammen ist.

Als ich das erwähne, macht Norah große Augen. „Und das ist für dich kein Problem?"

„Ich würde lügen, wenn ich mit ‚ja' antworten würde. Terry und ich haben darüber gesprochen, und sie hat sich entschuldigt. Besonders für die Heimlichkeit am Anfang. Wobei mir klar ist, dass sie mich nicht verletzen wollte."

„So etwas tut dennoch weh."

„Absolut. Ist immer noch nicht einfach. Aber Terry ist meine beste Freundin, und mir ist wichtig, dass sie glücklich ist." Ich rühre in meiner Tasse. „Sie ist, was Männer anbelangt, auch nicht gerade vom Glück verfolgt."

„Verstehe. Dennoch groß von dir."

„Danke." Es tut gut, dass zu hören.

„Ich lasse mich auch immer mit den falschen Typen ein. Wobei der Letzte ..." Norah nimmt den Löffel in die Hand und teilt den Milchschaum auf ihrer Tasse.

„Auch ein Philipp?", versuche ich es.

„Kein Philipp, sondern ein Andrew, aber auch nicht viel besser." Sie sieht mich unsicher an, ein Ausdruck, der in mir die Gewissheit reifen lässt, dass da mehr ist.

„Was ist passiert?"

Norah seufzt. „Komplizierte Geschichte. Irgendwie erinnert mich das mit Andrew an deinen Philipp." Sie stößt ein nervöses Lachen aus. „Männer halt."

Bevor ich Norah fragen kann, was sie damit meint, schaut sie auf ihr Handy und steht dann vom Tisch auf. „Sorry, aber ich muss los. Ich habe gestern bei IKEA neue Möbel gekauft, die ich noch aufbauen möchte."

Sie streckt mir die Hand entgegen, was den plötzlichen Aufbruch noch seltsamer macht.

„Okay“, sage ich, wobei mein Tonfall unklar lässt, ob es eine Frage oder Aussage ist. Ich erhebe mich und schüttele Norahs Hand.

„Sorry, noch mal. Ich melde mich.“ Sie fährt herum und strebt Richtung Ausgang, macht dann kehrt und kommt wieder auf mich zu. Meine Hoffnung, dass sie sich wieder setzt und die Episode als kurze Verrücktheit abtut, wird nicht erfüllt. Stattdessen kramt sie aus ihrer Tasche eine Zwanzigpfundnote hervor, die sie auf den Tisch legt. „Hätte ich fast vergessen.“

Ich bin immer noch so perplex, dass mir kein Wort über die Lippen kommt, obwohl unzählige Fragen durch meinen Kopf wirbeln. Ich versuche es, doch es ist, als ob meine Gedanken verklumpen und den Ablauf durch meinen Mund, der einen von ihnen aussprechen könnte, verstopfen.

Norah nickt mir zu, was noch grotesker ist als der Abgang zuvor und entschwindet. Ich bleibe verdattert sitzen und frage mich, was da passiert ist. Habe ich etwas Falsches gesagt? Oder ist Norah verrückt? Ist das womöglich der Grund, dass sie keine Freunde hat?

Kapitel 6

„Shit!“ Ich starre in die Teigschüssel und überlege, ob der Teig noch zu retten ist. Mein zweiter Anlauf. Bereits den ersten habe ich ruiniert, indem ich zu großzügig Zucker hinzufügte. Jetzt ist es Milch, die ich mit zu viel Schwung und damit zu reichlich hinzugoss.

„Wie läuft es, Frau Konditorin?“ Terry kommt zu mir in die Backstube.

„Ehrlich gesagt, gar nicht.“

„Denkst du immer noch an die Nachteule?“

„So ein seltsames Treffen habe ich noch nie gehabt.“

„Was womöglich der Grund ist, dass sie keine Freunde hat.“ Terry wirft einen Blick in die Teigschüssel, und ich kann ihr ansehen, dass sie sich auf die Zunge beißt, um keinen Kommentar dazu abzugeben.

„Vielleicht.“ Ich kippe den Inhalt der Schüssel in den Mülleimer und stelle sie anschließend in die Spüle.

„Aber?“

„Das glaube ich nicht. Zumindest ist das zu kurz gedacht. Ich hatte das Gefühl, dass sie mir etwas erzählen wollte, sogar dabei war, sich zu öffnen.“

„Und dann hat sie kalte Füße bekommen?“

Mein erster Impuls ist, den Kopf zu schütteln. Als ich über Terrys Worte nachdenke, erscheinen die mir jedoch zutreffend. „Tatsächlich hatte ich den Eindruck.“

„Sind Mitarbeiter der Telefonseelsorge nicht zu Stillschweigen verpflichtet? Wie Ärzte oder Priester?“

„Keine Ahnung, aber erscheint mir logisch. Immerhin erfahren die ja einiges.“

„Also könnte es doch sein, dass es ein Erlebnis bei ihrem Job war, ein schwieriger Fall, der sie beschäftigt?“

„Könnte sein.“

„Vielleicht wollte sie dir davon erzählen, ihr wurde im letzten Moment klar, dass sie das wegen ihrer Schweigepflicht nicht darf, und es war ihr unangenehm?“

„Ist diese Reaktion nicht etwas extrem?“

Terry schürzt die Lippen. „Du kannst den Leuten nicht in den Kopf schauen, und jeder geht anders mit Stress um. Und, versteh das bitte nicht falsch, im Grunde kennst du sie nicht. Du weißt also nicht, wie sie reagiert.“

„Hmm.“ Ich beginne, die Schüssel zu spülen.

„Soll ich hier übernehmen?“

„Nein. Mir ist Backen heute lieber als Gästekontakt.“ Ich versuche mich an einem Lächeln. „Und aller guten Dinge sind drei. Dieses Mal bekomme ich den Teig hin.“

Terry klopft mir auf die Schulter. „Da bin ich mir sicher. Und versuch, nicht darüber nachzugrübeln, besonders nicht, ob du etwas Falsches gesagt oder gemacht hast. Menschen sind seltsam, und du bist ein besonders fürsorgliches Exemplar.“

„Danke.“

„Nur die Wahrheit.“ Terry verlässt die Backstube.

Beim dritten Anlauf gelingt mir der Teig und wandert in den Ofen. Durch die Scheibe in der Tür sehe ich zu, wie er langsam aufgeht. Ich mag das, ebenso, wie ich gerne der Waschmaschine beim Arbeiten zusehe. Das mag bekloppt sein, aber es hat eine beruhigende Wirkung auf mich.

Das Läuten des Telefons reißt mich aus der Vorstellung des Ofen-Kinos. Ich gehe rüber in mein Abstellkammerbüro und nehme ab.

„Ein ganz besonderer Geburtstag!" Miss Goosmore sprudelt, wie stets, über vor Enthusiasmus.

„Ach ja?" Das hört sich hoffentlich weniger sarkastisch an, als ich es meine. Wenn ich Miss Goosmore Glauben schenken darf, ist jeder Geburtstag im Magnolia Gardens etwas ganz Besonderes. Doch kaum habe ich das gedacht, schäme ich mich. Angesichts der Höhe des Alters der Feiernden hat Miss Goosmore recht und meint es sogar ernst.

„Unser hochdekorierter General Wilkens feiert seinen neunundachtzigsten Geburtstag. Sie erinnern sich sicherlich an ihn. Er hat Ihren Kuchen für unsere Agnes gelobt und wollte unbedingt einen ebenso wunderbaren Kuchen für seine Feier."

Sogleich habe ich das Bild von dem Herrn mit grauem Bart und Hakennase, auf dessen weißem Shirt das Victoria Cross prangte, vor Augen. „Selbstverständlich erinnere ich mich. Eine imposante Erscheinung."

„Das ist General Wilkens in der Tat. Und er hat sich nicht nur um unser Land verdient gemacht, er ist auch ein ausgesprochen guter Schachspieler."

Das notiere ich mir. Wäre doch eine Idee, ein Kuchen in Gestalt eines Schachbretts?

Ich sage Miss Goosmore den Kuchen zur morgigen Feier zu und begebe mich sogleich zurück in die Backstube. Mir fällt ein, dass ich Miss Goosmore nicht gefragt habe, welchen Kuchen der General mag, bin mir aber sicher, dass sie mich über Unverträglichkeiten aufgeklärt hätte. Ich entscheide mich für einen Schokoladenkuchen, dem ich eine Glasur in Schachbrettform verpassen möchte, um dann Schachfiguren aus Marzipan zu schnitzen, die auf den Kuchen kommen.

Ich bin so vertieft in meine Arbeit, dass ich endlich Norah vergesse oder zumindest in die Peripherie meines Denkens drängen kann. Nach mehreren Stunden Arbeit sind die Schachfiguren, die ich als Erstes kreierte, fertig.

„Die sehen ja toll aus", kommentiert Terry, die in die Backstube kommt.

„Dankeschön."

„Du bist echt eine Künstlerin." Terry nimmt eine der Figuren, einen Springer, vorsichtig in die Hand und dreht ihn vor ihren staunenden Augen.

„Ist nichts mehr los?", frage ich und nicke in Richtung Gastraum.

„Schau mal auf die Uhr."

Zum ersten Mal seit Stunden blicke ich auf die Wanduhr und bin erstaunt. „Schon Feierabend?", frage ich. Ich muss wirklich vertieft gewesen sein in meine Arbeit.

„Soll ich dir helfen?", fragt Terry.

„Kein Philipp heute?"

„Der ist jetzt beim Sport, vielleicht sehen wir uns später noch."

„Okay."

„Keine Sorge." Terry stupst mich mit ihrer Schulter an. „Das sind keine Wolken über dem Paradies. Wir möchten einander nur Freiräume lassen."

Ich muss zugeben, dass das besser zu Terry passt als dieses ständige Turteln. Und ist das nicht ohnehin sinnvoll, so in eine Beziehung zu starten? „Ihr seid also weiterhin glücklich?"

„Ich weiß, dass es crazy ist. Vor wenigen Wochen hätte ich dich für verrückt erklärt, wenn du mir gesagt hättest, dass ich schon bald in einer Beziehung stecke und mich dabei auch noch wohl fühle."

Ich presse die Lippen aufeinander und wünschte, in mir würden nicht diese widerstreitenden Gefühle toben. Auf der einen Seite gönne ich Terry das Glück von Herzen, auf der anderen Seite ist da immer noch ein Fünkchen Eifersucht, ja, auch Irritation, dass Philipp ihr gegenüber anders zu sein scheint.

„Sorry." Terry mustert mein Gesicht, das meine Gefühle, wieder einmal, spiegelt. Als Pokerspielerin bin ich nicht umsonst eine Niete. „Ich vergesse immer wieder, welche Schwierigkeiten du mit Philipp hattest. Es muss dir vorkommen, als hätte ich die Version von ihm bekommen, die du stets haben wolltest."

„Irgendwie schon." Da die Katze ohnehin aus dem Sack ist, beschließe ich, ehrlich zu sein und registriere zugleich, dass es mich alarmiert, so zu denken. Terry und ich hatten im Grunde nie Geheimnisse voreinander, und nun sorgt ein Kerl dafür, dass alles anders wird?

„Hör mal." Terry fasst mich an den Schultern. „Ich gebe zu, dass mich die Sache mit Philipp ziemlich umgehauen hat und das, obwohl ich mir schwor, dass ich nicht zu so einer werden würde."

„So einer?"

„Einer Frau, die sich in Schwärmereien über ihren Kerl ergeht und jede freie Minute mit ihm herumturtelt."

„Ich kann ...", beginne ich, doch Terry bedeutet mir durch Heben ihrer Hand, zu schweigen.

„Ich weiß, dass du mir das zugestehst. Ich habe dir heute bereits gesagt, dass ich dich für fürsorglich halte und außerdem für eine sehr gute Freundin. Aber sei nicht zu hart zu dir!"

„Wie meinst du das?"

„Es ist vollkommen in Ordnung, wenn es dir Probleme bereitet, dass ich jetzt mit Philipp zusammen bin."

„Hmm."

„Das macht dich doch nicht zu einer schlechten Freundin." Terry drückt mich an sich und flüstert in mein Ohr: „Dass du dennoch für mich da bist und es akzeptieren willst, macht dich zu einer großartigen Freundin." Sie löst sich von mir und legt den Kopf schief. „Gib dir die Zeit, die du brauchst. Und ich nehme mir vor, wieder mehr Zeit für uns zu haben."

„Und Philipp?"

„Der muss mich nun mal mit dir teilen, aber er ist ein großer Junge und wird das hinbekommen. Du auch?"

Ich nicke. „Klar."

„Mir reicht vollkommen, wenn du sagst, dass du es versuchst. Und dir sollte das ebenfalls reichen." Terry streicht sich eine Strähne ihres aktuell kupferfarbenen

Haares hinters Ohr. „Philipp gefällt mir und ich habe mich in ihn verknallt, aber wir“, sie zeigt erst auf mich, dann auf sich, „das ist Familie. Verstehst du?“

Jetzt bin ich es, die Terry in die Arme schließt und fest an sich drückt. Mehr ist nicht nötig, um ihr zu zeigen, dass ich das genauso sehe.

„Weißt du was?“, fragt Terry.

„Was denn?“

„Warum machst du nicht Feierabend, und ich vollende den Kuchen?“ Als ich nicht direkt darauf antworte, sagt Terry: „Es ist auf jeden Fall dein Werk. Schließlich sind die schwierigen Teile, besonders die grandiosen Marzipan-Schachfiguren fertig. Ist ja nur noch, das Schachbrett mit ein bisschen Glasur auf den Kuchen zeichnen.“

Entgegen meinem Gefühl, das mir sagt, dass ich zu Ende bringen sollte, was ich begonnen habe, erkläre ich mich mit Terrys Vorschlag einverstanden.“ Ich ziehe die Schürze über den Kopf, während Terry ihre umbindet. „Danke“, sage ich, bevor ich die Backstube Richtung Gastraum verlasse.

Der Juni neigt sich dem Ende zu, und die Temperaturen erreichen mittlerweile Werte jenseits frühlingshafter Wärme. Aber noch ist es auszuhalten, und besonders die lauen Sommernächte liebe ich. Ich bin froh, Terrys Angebot angenommen zu haben und entscheide mich für einen anderen Heimweg, der sogar einen Umweg bedeutet. Warum sollte ich den Abend nicht für einen Spaziergang nutzen?

Einem Impuls folgend, entscheide ich mich für einen anderen Weg als sonst und gehe Richtung Piccadilly Theater, vorbei am Golden Square, einem kleinen Park, der mir gerade aufgrund seiner Schlichtheit gefällt. Die Bars, die ich passiere, haben Tische und Stühle nach draußen gestellt, und es herrscht ein fast schon südländisches Flair.

An der Ecke zur Lexington Street erblicke ich eine Person, die ich kenne: Es ist Shaun. Er wirkt, als würde er auf jemanden warten. Das weckt mein Interesse, und ich beschließe, ihn aus der Entfernung zu beobachten. Sogleich kehrt die Aufregung zurück, die ich empfand, als wir Doktor Sullivan beschatteten. Ich glaube, gehört oder gelesen zu haben, dass das ein Gefühl ist, nach dem man süchtig werden kann. Hat mich der Pinguin-Fall an die Nadel gebracht?

Shaun schaut auf sein Handy, und ich vermute, dass er eine Nachricht bekommen hat. Er steckt das Telefon in die Gesäßtasche und läuft los. Ich folge ihm und vermute zunächst, dass er in Richtung Club 49 Soho, seiner Arbeitsstelle, unterwegs ist, muss dann verwundert feststellen, dass er einen anderen Weg einschlägt.

An der Ecke bleibe ich stehen und sehe, dass Shaun im Village Soho verschwindet. Das macht mich baff, nicht, weil es eine andere Bar ist, sondern eine Schwulenbar. Entweder hat Shaun eine neue Vorliebe entwickelt, oder das Village ist jetzt eine Hetero-Bar? Beide Optionen erscheinen unglaubwürdig.

Verwirrt mache ich mich auf den Rückweg zu unserer Wohnung.

Kapitel 7

Auf Terry kann ich mich verlassen. Sie vollendete den Kuchen für den General und spendierte dem sogar noch ein kleines Detail, indem sie die Figuren so aufstellte wie im Jahr neunzehnhundertvierunddreißig, dem Geburtsjahr des Generals, in dem Alexander Aljechin die Schachweltmeisterschaft gewann. Keine Ahnung, ob das jemandem auffällt, aber Terry weiß, dass ich Details dieser Art liebe, somit ist es eher ein Geschenk, das sie mir gemacht hat. Sollte es dem General auffallen und gefallen, umso besser.

Seit unserem ersten Auftrag für das Heim sind einige Wochen vergangen, und wir können mit Stolz sagen, dass einige Kuchen, die wir backten, die Geburtstagsfeiern der herzigen Bewohner verschönerten. Mir gefällt dieser Ort, der aus der Zeit gefallen zu sein scheint, mit seinen akkurat geschnittenen Büschen und Rasen und dem hübschen Hauptgebäude, an das sich die Nebengebäude mit den Zimmern anschließen.

Miss Goosmore ist wahrscheinlich ein kleines Partyluder, da sie bei jeder Geburtstagsfeier anwesend ist, denke ich, und dass dieser Gedanke von Terrys Stimme in meinem Kopf gesprochen wird, lässt mich auflachen. Ich stelle mir Miss Goosmore laut grölend auf dem Tisch eines Pubs stehend vor und muss aufpassen, nicht einem Lachflash zu erliegen.

Als habe sie das vernommen, tritt Miss Goosmore aus dem Haupteingang und bleibt im säulengetragenen Hauptportal stehen. Nur durch Zusammenpressen meiner Lippen gelingt es mir, das Lachen zurückzuhalten, denn ich stelle mir vor, dass sie jeden Moment anfängt, headbangend herumzuhüpfen. Woher kommt plötzlich diese Albernheit? Womöglich liegt es an der Örtlichkeit und daran, dass ich stets an unseren ersten ‚Auftritt' bei der Geburtstagsfeier von Mrs Avory denken muss.

„Miss Fleet. Wie schön", empfängt mich Miss Goosmore, und mir gelingt es, die Begrüßung über die Lippen zu bringen, ohne in Gelächter auszubrechen.

„Wie geht es eigentlich Mrs Avory?", frage ich auf dem Weg durch die Eingangshalle. Einerseits, weil es mich interessiert, andererseits, um ein Gespräch in Gang zu bringen, das das Kopfkino mit der feiernden Miss Goosmore verdrängt.

„Lieb, dass Sie fragen. Es geht ihr ganz prima." Inzwischen haben wir das Kaminzimmer, in dem die meisten der Feiern abgehalten werden, erreicht, und Miss Goosmore legt die Hand auf die Klinke der Tür und wiederholt: „Ganz prima, ja. Sie werden Sie sogar heute sehen." Sie öffnet die Tür, und der Teil der Runde, der wach ist, schaut uns erwartungsvoll an.

Der General thront am Kopfende und sieht mit seinem weißen Hemd, natürlich mit Victoria Cross, recht stattlich aus. Die Gäste lassen diese Haltung vermissen. Eine ältere Dame nestelt beständig an der Sauerstoffbrille herum, die in ihre Nase gehört, was sie wohl nicht so sieht. Es wirkt fast wie ein Spiel, denn sie zieht sie sich aus der Nase und vom Kopf, woraufhin eine weißgekleidete Schwester sie wortlos wieder an die richtige Stelle platziert. Ich bewundere die Geduld beider Beteiligten.

Die Szene hat mich derart in ihren Bann geschlagen, dass ich die beiden Nonnen erst jetzt bemerke. Schwester Edith, die Oberschwester, und die kleine Schwester Pastinakia, formerly known as Tomatia, die ich fast nicht erkannt hätte, da ihr Gesicht nicht die gewohnte rote, sondern eher eine gelblich-weiße Farbe zeigt. Ich kann auch keine Flöten ausmachen, also gibt es heute keine musikalische Begleitung meiner Kuchenpräsentation.

Dennoch beschleicht mich ein Déjà-vu-Gefühl, als ich nach Miss Goosmores einführenden Worten die Kuchenschachtel mittig auf der Tafel platziere, um den Deckel zu lupfen. Ich halte die Luft an, obwohl ich mir sage, dass das albern ist.

„Donnerlittchen!", ertönt es vom Kopfende, als mein Kuchen sichtbar ist. Dem General scheint der schon mal zu gefallen, und ich atme auf.

„Ganz wunderbar! Ganz, ganz wunderbar!" Miss Goosmore klatscht vor Verzückung die Hände zusammen.

Von Schwester Edith ernte ich die Andeutung eines anerkennenden Nickens, inklusive gehobener rechter Braue. Das ist doch schon mal was!, denke ich und falte den Schachteldeckel zusammen. Kaum bin ich damit fertig, klingelt mein Handy. Es ist Terry.

„Du, wurde der Kuchen schon angeschnitten?"

Ich ahne Böses. „Nein, noch nicht", antworte ich, während mein Blick Miss Goosmore einfängt, die mit gezücktem Messer an das Schachbrett tritt.

„Es könnte sein ..."

Der Rest von Terrys Ausführungen geht in einem Knall unter.

„Donnerlittchen!", brüllt der General vom Kopfende, um im nächsten Moment mit erstaunlicher Schnelligkeit auf die Füße zu springen, wobei sein Stuhl nach hinten kippt und auf den Boden fällt. „Elenore, wo ist mein Karabiner? Ich glaube, die Russen sind da!"

So speziell diese Geschehnisse schon sind, übertroffen werden sie noch von dem, was aus dem Kuchen kommt. Das ist es, wovor Terry mich warnen wollte: In der Mitte des Kuchens klafft ein Loch vom Durchmesser einer Espressotasse, aus dem bunte Luftschlangen in die Luft geschleudert wurden, die dabei sind, sich auf Tafel und Gästen niederlassen. Eine streift die Hakennase des Generals, und einen Augenblick glaube ich, sie würde dort Halt finden, doch dann sinkt sie vor ihm zu Boden.

In den Haaren der Bewohner und Miss Goosmores haben die Luftschlangen mehr Glück, einen Platz zu finden. Das i-Tüpfelchen dieser knalligen Überraschung ist aber der Teigdeckel, den Terry über die Vorrichtung legte, um sie damit zu tarnen. Der prangt nämlich wie ein schwarzer Smiley ohne Gesicht mitten auf Schwester Ediths Stirn. Als wäre das noch nicht genug, versucht die, nach oben schielend, auszumachen, was da ihre Stirn ziert. Wüsste ich es nicht besser, würde ich meinen, Elenore hätte dem General inzwischen den Karabiner gebracht und der habe Schwester Edith als russischer Invasorin den Garaus mit einem Kopfschuss gemacht.

Während ich noch versuche, zu begreifen, was sich ereignete, ertönt von der Seite Gesang. Ich entdecke die Quelle und muss feststellen, dass Miss Goosmores Ankündigung zutrifft: Es gibt ein Wiedersehen mit Mrs Avory. In ihrem Rollstuhl sitzend, hat sie die rechte Hand auf die Brust gelegt, während die linke ihren Urinbeutel schwenkt wie ein Feuerzeug zu einer Popballade. Dazu singt sie, erstaunlich lautstark, „God save the Queen".

„Oh shit! War wohl zu spät." Höre ich Terrys Stimme aus meinem Handy.

Das Smartphone am Ohr, stehe ich stumm da, als wäre ich Zeugin eines Verbrechens geworden. Das war's!, denke ich. Dann ertönt ein Geräusch, das ich zunächst für einen Kanarienvogel halte. Das Zwitschern schwillt zu einem Lachen an, die Quelle ist keine Geringere als Miss Goosmore. Gleich zwei Luftschlangen haben sie heimgesucht, eine ziert ihr rechtes Ohr, die andere liegt quer über ihrem Kopf. In der Hand hält sie noch das Messer, das den Mechanismus auslöste, der den russischen Luftangriff zur Folge hatte.

„Nein!", stößt Miss Goosmore hervor, und nun klatschen auch einige der Bewohner in die Hände und beginnen zu lachen.

Selbst der General grinst. Nur Schwester Edith sieht weiterhin aus, als habe man ihr mit einer Pumpgun in den Kopf geschossen. Ich hoffe, dass der Aufprall des Kuchenstücks sie nicht verletzt hat.

Dann beginnt sie, mit den Fingerspitzen das schwarze Rund von ihrer Stirn zu schälen, während sie immer noch nach oben schielt. Hat es schließlich geschafft, das Stück aus Teig und schwarzer Glasur zu bergen, und dreht und wendet es vor ihren erstaunten Augen. Mrs Avory ist beim letzten Ton von „God save the Queen" angelangt, den sie mit Inbrunst und einem gelungenen Vibrato in die Länge zieht.

Nun ist es auch um mich geschehen. Ich stimme in Miss Goosmores und das Gelächter der Bewohner ein, bis mir Tränen die Wangen herunterlaufen und mein Bauch schmerzt. Dass Terry währenddessen aus dem Hörer ruft, ob es allen gut gehe oder jemand verletzt sei, gepaart mit Schwester Ediths Blick, die immer noch nicht zu verstehen scheint, was geschehen ist, sorgt dafür, dass ich glaube, diese Situation nicht zu überleben. Denn mittlerweile halte ich mir in gekrümmter Haltung den Bauch, der sich anfühlt, als würde er im nächsten Augenblick zerreißen.

Irgendwann haben sich die Gemüter so weit beruhigt, dass ich die Gesellschaft verlassen kann, nachdem mir Miss Goosmore zum wiederholten Male versichert hat, was für eine gelungene Überraschung das doch gewesen sei. Auch die kleine Schwester Tomatia, die weiterhin ihrem von mir verliehenen Spitznamen keine Ehre macht, scheint mir einen dankbaren Blick zu schenken. Endlich erhielt die gestrenge Oberschwester Edith mal einen Dämpfer oder vielmehr einen Schuss vor den Bug aus der Kuchenkanone.

Auf dem Weg durch die Eingangshalle ziehe ich mein Handy aus der Tasche, um Terry zurückzurufen, die sich sicherlich fragt, ob es mir gut geht. Wieder einmal hat eine ihrer irren Ideen funktioniert, das Leben steckt doch voller Überraschungen. So ist die nächste Überraschung die, dass mein Handydisplay mir nicht nur zwei Anrufe von Terry, sondern auch einen von Norah meldet.

Obwohl Terry auf Entwarnung wartet, wähle ich zunächst Norahs Eintrag. Ich ahne, dass ihr Anruf wichtig ist. Nach mehrfachem Klingeln meldet sich ihre Mailbox, und ich zögere, bevor ich auflege, hinterlasse jedoch keine Nachricht.

Als Nächstes rufe ich Terry an.

„Gehts dir gut? Haben's alle überlebt?"

Ich muss wieder lachen, als ich an Schwester Edith und das Einschussloch mitten auf ihrer Stirn denke.

„Du bist ja gut drauf." Terry ist anzuhören, dass sie ebenfalls grinst.

„Ist alles gut gegangen, aber die Details erzähle ich dir, wenn ich zurück im Café bin."

„Ich bestehe darauf!"

Ich verabschiede mich und steige in Terrys alten Fiesta, wie jedes Mal mit der Frage, ob er dieses Mal anspringen oder einfach auseinanderfallen wird. Doch Terrys treuer Gefährte enttäuscht mich nicht.

Auf der Rückfahrt in die Stadt denke ich an Norah. Was wollte sie? Geht es ihr gut? Wieso habe ich das Gefühl, dass etwas Schlimmes geschehen ist?

Kapitel 8

Nach meiner Rückkehr ins Café muss ich Terry die Geschichte dreimal erzählen und zugeben, dass ihre und Philipps Idee bombig ankam. „Aber den Mechanismus müsst ihr dennoch verbessern. Stell dir mal vor, was passiert wäre, wenn der Teigdeckel nicht auf Oberschwester Ediths Stirn, sondern in ihrem Auge gelandet wäre?"

Terry imitiert das, indem sie mit einem Auge hektisch zwinkert, und wieder einmal ist es um mich geschehen. Unsere Nachmittagsgäste, zwei Rentner- und ein mittelaltes Paar, schauen zu uns herüber, und ich wende ihnen den Rücken zu, um mir mit einer Serviette die Tränen aus den Augenwinkeln zu tupfen.

„Lass uns später darüber reden. Das passt jetzt nicht", ich bemühe mich um einen strengen Tonfall, da ich fürchte, dass Terry noch mal nachlegt.

Aber sie nickt nur und geht dann zu einem Tisch, der vor einigen Minuten von zwei Damen verlassen wurde und abgeräumt werden muss. Ich ziehe mein Handy aus der Hosentasche und linse darauf. Immer noch keine Nachricht von Norah.

Einer der Herren des mittelalten Paares hebt die Hand. Ich stecke das Handy weg und gehe hin. „Noch einen Kaffee?"

„Für mich einen Cappuccino und du, Schatz?" Er sieht sein Gegenüber fragend an, der sich dann ebenfalls für einen Cappuccino entscheidet.

Während ich die Kaffees zubereite, beobachte ich die beiden. Ein attraktives Paar. Unter Garantie mussten sie sich schon häufig von Frauen anhören, dass es sehr schade war, dass sie schwul waren. In diesem Moment fällt mir Shaun ein und dass ich immer noch nicht erfahren habe, was er im Village wollte. Es widerstrebt mir, ihn danach zu fragen, schließlich ist er mir keine Rechenschaft schuldig. Aber nach unserem Gespräch in seinem Zimmer vor ein paar Wochen, als Terrys Viagra-Placebo-Tauschaktion ihren Höhepunkt erreichte, habe ich kaum mit ihm gesprochen. Wobei ich in dem Gespräch das Gefühl hatte, dass er jemanden zum Reden braucht.

Ich bringe die Cappuccinos zum Tisch, und mir fällt ein, dass Terry mir riet, mehr an mich zu denken. Womöglich ist das mein Muster? Dass ich mir Menschen suche, die meine Hilfe brauchen, um mich nicht mit mir selbst auseinandersetzen zu müssen?

Die Wahrheit liegt irgendwo dazwischen, befinde ich. Einerseits sollte ich mir mehr Gedanken um mich selbst machen, mich aber nicht selbst verleugnen und meiner sozialen Ader hin und wieder nachgeben.

Kaum habe ich diesen Entschluss gefasst, geht die Tür auf, und Norah spaziert ins Café. Sie winkt mir unsicher zu und setzt sich dann an einen freien Tisch. „Sorry, Linn", sagt sie, als ich bei ihr bin. „Im Moment ist so viel bei mir los." Sie fährt sich durch das Haar, bemerkt meinen Blick, der ihre Hand taxiert, an der blaue

Farbe klebt. Sie kichert, was sich verlegen und nicht humorvoll anhört. „Das unter anderem auch.“ Sie deutet auf die Farbkleckse an ihren Fingern. „Nachdem ich die Schränke aufgebaut hatte, war ich der Meinung, dass meine Wände eine neue Farbe vertragen könnten.“

„Ich habe mir Sorgen gemacht.“ Obwohl ich mir Mühe gebe, durchtränkt Bitterkeit meine Worte.

„Sorry.“ Norah schlägt die Augen nieder. „Ich mache es wieder gut. Ich muss dir unbedingt etwas erzählen. Beim letzten Mal ...“

„Miss?“, ertönt es hinter mir, und ich fahre herum. Ein älteres Paar hat am Nachbartisch Platz genommen. Der Gentleman, dem der Ausruf zuzuordnen ist, betrachtet mich tadelnd.

„Ich komme gleich wieder“, sage ich zu Norah, um mich dann den neuen Gästen zuzuwenden.

Gerne hätte ich erfahren, was sie erzählen wollte. Das „unbedingt etwas erzählen“ und wie sie mich dabei anschaute lässt meinen Magen rumoren. Doch das Café füllt sich bis auf den letzten Platz, und Terry und ich haben alle Hände voll zu tun. Ich bringe Norah Cappuccino und Käsekuchen, habe aber nur Zeit für wenige Worte.

„Jetzt hatte ich gar keine Zeit für dich, sorry“, sage ich, als ich Norah die Rechnung bringe.

Sie macht eine wegwerfende Handbewegung. „Kein Problem.“ Ihr Gesicht aber behauptet das Gegenteil.

„Miss?“, ertönt es hinter mir, und ich weiß, dass es sich um den Herrn am Nebentisch handelt.

„Ich bin gleich bei Ihnen. Ein paar Minuten werden Sie mich wohl noch entbehren können?“ Das hätte meine Mom nicht besser machen können, denke ich und stelle mit Befriedigung fest, dass der Gentleman zurückzuckt und brav nickt.

„Wow." Norah sieht mich bewundernd an. „Hätte ich dir nicht zugetraut."

„Manchmal ist das notwendig." Ein knappes Lächeln huscht über mein Gesicht. „Warum kommst du nicht bei mir vorbei, damit wir uns in Ruhe unterhalten können?"

„Einverstanden."

„Morgen Abend? Um acht bei mir?"

„Super, gerne. Schickst du mir deine Adresse?"

Wir verabschieden uns voneinander, und Norah verlässt das Café. Während ich den Tisch abräume, höre ich erneut hinter mir: „Miss?" Ich fahre herum und funkele den Herrn derart böse an, dass der noch heftiger zusammenzuckt als bei meiner Ansage zuvor. Doch dieses Mal stellt sich bei mir Scham ein, Gäste zu verschrecken ist nicht nur daneben, sondern dumm. Egal wie nervig die sind.

„Entschuldigung", murmele ich. „Sie haben mich erschreckt."

„Dann bitte ich ebenfalls um Entschuldigung. Ich sehe ja, dass Sie alle Hände voll zu tun haben." Der Gentleman deutet auf einen Stuhl des Tisches, den ich gerade abräume und an dem Norah gesessen hat. „Ihre Bekannte hat etwas vergessen, fürchte ich." Auf der Sitzfläche liegt ein schwarzes Notizbuch.

„Danke", sage ich zu dem Herrn.

„Nicht dafür." Er lächelt. „Wir würden dann auch gerne zahlen."

Unschlüssig drehe ich das Buch in meinen Händen und überlege, ob es sinnvoll ist, Norah nachzurennen, da wir uns bereits morgen Abend sehen. Ich blicke auf und in die freundlich lächelnden Gesichter der Eheleute am Nachbartisch. „Wissen Sie was? Ich habe mich Ihnen gegenüber ziemlich rüde verhalten. Ihr Kaffee geht auf mich."

Die beiden machen große Augen. „Das ist sehr lieb. Vielen Dank!", meldet sich die Dame zu Wort. Sie erheben und verabschieden sich. Ich wende das Buch weiterhin in meinen Händen und ahne nicht, dass es mir nicht vergönnt ist, es Norah zurückzugeben.

Kapitel 9

Zwanzig nach acht. Warum macht mich das nervös? Schließlich verspäten sich Leute ständig. Da ist doch nichts dabei? Ich laufe in meinem Zimmer auf und ab und gleiche einem Tiger im Käfig.

Obwohl ich selbst stets pünktlich bin, ist es nicht, dass mich Norahs Unpünktlichkeit ärgert. Erneut ist es dieses Gefühl, dass etwas nicht stimmt. Sie womöglich sogar in Gefahr schwebt.

Ich ziehe das Handy aus der Tasche, rufe den Chatverlauf auf. Sie hat meine Nachricht mit der Adresse von gestern Abend zwar gelesen, aber nicht beantwortet. Im Licht des heutigen Nicht-Auftauchens, wächst sich diese Kleinigkeit mehr und mehr zu Beunruhigung aus.

Es wird zwanzig vor und schließlich neun. Weder eine Message von Norah, noch erlöst mich die Türklingel. Ich wähle ihre Nummer, erreiche aber nur die Mailbox und hinterlasse eine Nachricht. Tippe dann eine Message in den Chat, die von Norah nicht gelesen wird.

Ich schalte den Fernseher ein und zappe durch die Kanäle. Mache mir einen Tee und lege mich schließlich ins Bett. Immer wieder starre ich auf das Handy, um festzustellen, dass Norah die letzte Nachricht nicht gelesen hat und sich nicht zurückmeldet. Obwohl eine innere Stimme mir einflüstert, dass etwas nicht stimmt, zwinge ich mich, nicht ein weiteres Mal anzurufen oder noch eine Nachricht zu schreiben.

Wieder einmal reagiere ich über. Sicherlich wird Norah sich morgen melden, tausendmal entschuldigen und eine Begründung für ihr Nicht-Auftauchen liefern. Mir das zu sagen hilft nicht, besser in den Schlaf zu finden. Ich zähle Schafe und meine Atemzüge, wälze mich von der einen auf die andere Seite und erwache am nächsten Morgen mit einem dicken Kopf.

Mein erster Blick gilt dem Handydisplay, das mir keine erhoffte Rückmeldung Norahs verkündet. Da Terry gestern wieder bei Philipp übernachtet hat und die Jungs noch schlafen, habe ich ausreichend Zeit, während Dusche und Frühstück meinen Gedanken nachzuhängen.

Im Café erwartet mich Terry. „Philipp musste früh raus", gibt sie auf Nachfrage für ihr frühes Auftauchen an.

Ich erzähle ihr, dass ich gestern Abend von Norah versetzt wurde.

„Jetzt mach dir keinen Kopf, das kann doch mal passieren."

„Klar. Bestimmt mache ich mir wieder zu viele Gedanken." Ich zucke mit den Schultern.

„Wenn es dich so beschäftigt, fahr doch bei Norah vorbei."

„Leider kenne ich ihre Adresse nicht."

„Ich bin mir sicher, dass sich alles aufklärt."

„Okay." Kaum mehr als ein Lippenbekenntnis, dennoch bleibt mir nichts anderes übrig, als abzuwarten.

Es klopft an der Tür, und ich blicke in das Gesicht eines mir zuwinkenden, Bruce. Nachdem ich die Tür aufgeschlossen habe, lächelt er verlegen. „Ich weiß, ihr habt noch nicht geöffnet, aber ich war in der Gegend."

„Kein Problem. Komm rein." Ich halte die Tür auf, und Bruce schlüpft in den Gastraum.

„Guten Morgen", ruft Terry Bruce zu und dann an mich gewandt: „Ich bin dann mal hinten in der Backstube."

„Geht es dir gut? Du wirkst niedergeschlagen." Bruce nimmt auf einem Hocker vor dem Tresen Platz, und ich bereite die Kaffeemaschine für den doppelten Espresso vor.

Zunächst schäme ich mich meiner offensichtlichen Stimmung, dann entscheide ich mich für die Flucht nach vorne. „Ich hatte eine unruhige Nacht."

„Darf man fragen weshalb?" Bruce' schiefes Grinsen macht mir klar, dass die Äußerung doppeldeutig und sogar etwas anzüglich war.

Hitze steigt mir in den Kopf.

„Sorry." Bruce hebt beschwichtigend die Hände. „Ich wollte nicht indiskret sein."

Ich lache, was die Anspannung löst. „Du brauchst dich nicht zu entschuldigen. Ich habe das auch doppeldeutig formuliert."

„Irgendwie schon."

Ich werde wieder ernst. „Ich neige dazu, mir zu viele Gedanken zu machen."

„Kenne ich."

„Tatsächlich?" Ich reiche Bruce den Espresso.

„Was meinst du, warum ich Polizist geworden bin?" Er lächelt, aber es wirkt nicht fröhlich. „Worüber machst du dir Gedanken?"

„Eine Freundin oder Bekannte. Ich habe sie hier im Café kennengelernt. Es ist, als ob ein Schatten auf ihr liegt. Verstehst du, was ich meine?"

Bruce nickt. „Allerdings."

„Ich habe den Eindruck, dass sie etwas belastet, wovon sie mir erzählen will, aber bislang – irgendwie haben wir nicht die richtige Zeit oder Ort gefunden."

Bruce' braune Augen ruhen auf mir. Er sagt nichts, drängt mich nicht, fortzufahren, er hört zu, und mir wird bewusst, dass es dieses Interesse ist, das unter dem äußerst ansprechenden Äußeren so anziehend ist.

„Wir waren gestern Abend verabredet, und sie ist nicht aufgetaucht. Klar, dass das nichts Komisches ist oder sein muss."

„Aber deine innere Stimme sagt dir, dass dem so ist?"

„Genau." In seinem Blick suche ich nach dem Ausdruck, der mir sagt, dass ich eine Nichtigkeit zum Drama aufbausche. Doch stattdessen erkenne ich Verständnis. „Und da ich ihre Adresse nicht kenne, kann ich nicht einfach bei ihr vorbeigehen, um nach ihr zu sehen."

„Weißt du, was ich an dir schätze?"

Die Frage überrascht mich und unwissend, wie ich sie beantworten soll, warte ich schweigend ab.

„Nicht nur, dass du einen scharfen Verstand hast und dich aus deiner Komfortzone traust, was ich spätestens seit dem letzten Fall weiß." Er zwinkert mir verschwörerisch zu. „Du hast eine Antenne für Menschen, einen empathischen sechsten Sinn."

„Meinst du?"

„So, wie ich das sage. Du warst diejenige, die im Woodsborough-Fall für einige Dinge ein gutes Gespür hatte." Er berührt meine Hand, die ich auf dem Tresen abgelegt habe, und sogleich kriecht die Wärme von dort in mir empor. „Das ist etwas Wertvolles und Wichtiges, das leider viel zu häufig abgetan wird." Er schluckt. „Ich habe doch eben gesagt, dass ich mir auch über vieles Gedanken mache? Solange ich denken kann, ist das so, aber meine Einstellung dazu hat sich geändert." Er dreht die leere Espressotasse zwischen den Fingern. „Ich hatte eine Schwester. Julia. Jules, wie ich sie nannte. Sie war vier Jahre jünger als ich. Was habe ich sie geliebt, meine kleine Schwester." Er räuspert sich. „Ich war achtzehn, sie vierzehn, als sie anfing, mit Jungs abzuhängen. Du musst wissen, dass unser Vater früh starb, als ich zwölf und Jules acht war. Von dem Tag an war ich der Mann im Haus. Nicht auf so eine chauvinistische Art." Kurz lächelt er mich an, dann fixiert er wieder die Espressotasse, die er zwischen den Fingern dreht. „Ich wollte Jules immer beschützen und meiner Mom zur Seite stehen. Ich dachte, das könnte ich."

Eine Pause entsteht und ich frage: „Willst du noch einen Espresso?"

„Gerne."

Ich hoffe, mit meiner Frage die traurige Stimmung, in die Bruce seine Erzählung bringt, durchbrochen zu haben. Beobachte ihn, während ich den Kaffee zubereite und habe den Eindruck, dass er gefasster ist, als ich die gefüllte Tasse vor ihm abstelle. Soll ich durch eine

Frage das Gespräch wieder in Gang bringen? Ich entscheide mich, abzuwarten, wie Bruce es auch mit mir tat.

„Jules hatte keinen guten Männergeschmack. Ich weiß, dass sich das anhört wie der große Bruder, der niemanden für gut genug für seine Schwester hält, aber das war es nicht. Sie hatte einen Hang zu bad boys. An jeder High School gibt es doch die Typen, vor denen die Eltern warnen?"

Ich nicke.

„Das waren die Kerle, die sich Jules raussuchte. In ihrem letzten Sommer war das George Hagarthy. Ein schlaksiger Kerl, der noch nicht einmal gut aussah." Er trinkt einen Schluck von seinem Espresso. „Keine Ahnung, was sie triggerte, vielleicht Georges Tattoos, seine Piercings, sein Hang zu Drogen oder sein Motorrad?" Er stößt ein Schnauben aus. „Letzteres wurde Jules dann zum Verhängnis."

Ich schlucke in Vorahnung, was gleich folgen wird.

„Ich habe auf Jules eingeredet. Anfangs verständnisvoll. Habe ihr nahegelegt, sich einen Jungen zu suchen, der mehr Verantwortungsgefühl hat. Der nicht bekannt dafür ist, mit seinem Bike Rennen zu fahren und sich zuzudröhnen. Doch je mehr ich versuchte, sie von ihm wegzudrängen, desto mehr trieb ich sie in seine Arme. In der Nacht, als es passierte, hatte ich ein seltsames Gefühl. Da war diese Stimme, die mir sagte, dass Jules in Gefahr schwebte." Bruce nimmt den letzten Schluck aus seiner Tasse. „Um es kurz zu machen, ich fuhr nicht los, um nach ihr zu suchen. Am nächsten Morgen erfuhren wir dann, dass sie tot war. George war mit ihr zugedröhnt auf seinem Bike gefahren und gegen einen Baum geprallt. Das Bittere daran war, dass er überlebte. Jules hingegen wurde auf die Fahrbahn geschleudert und von einem Auto überrollt."

In Ermangelung einer Entgegnung auf eine solche Offenbarung schaue ich Bruce mit offenem Mund an.

„Schlimme Geschichte, ich weiß, und mir ist bewusst, dass du nicht weißt, was du darauf sagen sollst. Nichts, deshalb habe ich sie auch nicht erzählt. Ich wollte darauf hinaus, dass ich seitdem Gefühle, wie das in jener Nacht, ernst nehme. Ich bin Polizist geworden in der Hoffnung, solche Tragödien verhindern oder zumindest aufklären zu können. Natürlich geht es bei dem Job um das Sammeln von Fakten, aber ein Gefühl, wie du es beschreibst, besonders von einem Menschen, der ein Gespür dafür hat, muss man ernst nehmen."

„Okay." Ich kratze mich am Hinterkopf. „Was soll ich tun?"

„Ich mache dir einen Vorschlag. Solltest du in den nächsten Tagen noch nichts von deiner Freundin gehört oder sie erreicht haben, schaue ich mal nach, okay?"

„Du glaubst nicht, was für einen Gefallen du mir damit tun würdest."

„Sehr gerne." Er steht auf. „Ich hoffe, dass sie sich meldet."

„Das hoffe ich ebenfalls."

„Was bin ich dir schuldig?"

„Du hast mir mehr gegeben, als der Espresso einbringen würde."

Bruce lächelt, und das warme Gefühl breitet sich wieder in meiner Brust aus. „Das freut mich."

Ich begleite ihn zur Tür, vor der bereits ein Gast steht. Der Blick zur Uhr verrät mir, dass ich vor fünf Minuten hätte öffnen sollen, aber das erscheint mir geringfügig angesichts dessen, was ich von Bruce erfuhr. „Mach dich nicht schlechter, als du bist", sagt Bruce, bevor er durch die Tür geht.

Kapitel 10

Etwas hat mich geweckt, und ich benötige einen Augenblick, um zu erkennen, was es war: Stimmen. Geflüsterte Worte, die vom Flur in mein Zimmer dringen. Dass sie mich aufgeschreckt haben, liegt nicht daran, dass sie zu laut sind, sondern dass ich nur gedöst habe. Die Sorge um Norah hat mich wach gehalten. Das Getuschel weckt mein Interesse, und ich schwinge die Beine aus dem Bett und schleiche zur Tür, die ich vorsichtig einen Spalt öffne.

Ich sehe Shaun, der mit jemandem spricht, der aber durch ihn verdeckt wird. Ich atme auf. So langsam wurde es spooky, dass er keinen Damenbesuch mehr empfing. Oder fiel uns das deshalb nicht mehr auf, weil er so rücksichtsvoll vorging? Denn im Gegensatz zu vorher, wo man das Gefühl hatte, er legte es darauf an, gehört zu werden, ist jetzt das Gegenteil der Fall.

Endlich neigt Shaun seinen blonden Schopf zur Seite, und ich kann einen Blick auf die Angebetete werfen. Was ich sehe, lässt meinen Kiefer nach unten klappen. Was ich bereits ahnte, ist Wirklichkeit: Die Angebetete entpuppt sich als Kerl. Verdammt niedlich, wie ich hinzufügen muss. Etwas kleiner als Shaun, dunkelhaarig, mit großen Augen und einem fein geschnittenen Gesicht.

Während ich noch überlege, ob Shaun einen Kumpel zu Besuch hatte, nähern sich die Gesichter der beiden an, und sie küssen sich. Und nicht auf eine Kumpelart, falls es die geben sollte. So küsst man sich nur, wenn Leidenschaft im Spiel ist!

Obwohl die letzten Anzeichen in diese Richtung deuteten, erscheint es mir unglaubwürdig, dass der Frauenheld Shaun schwul ist. Mein Verstand weigert sich, das zu glauben. Vielleicht ist der Unbekannte ja in Wahrheit eine Frau, die etwas männlicher rüberkommt? Je länger ich Shauns Freund betrachte, desto mehr entlarve ich das als Trugschluss. Zumal es auch ein Frauentyp wäre, auf den Shaun nie stand. Und der Typ, der Shaun nun schon zum zweiten Mal küsst, während seine Hände Shauns Po greifen und ihn heranziehen, ist eindeutig ein Kerl.

Die Haustür ist von meiner Zimmertür aus ein Stück den Flur herunter, und so verstehe ich nicht, was die beiden miteinander tuscheln. Ehe ich mich versehe, ist der Unbekannte zur Tür hinaus, und Shaun dreht sich um. Sein Blick trifft meinen, als habe er mich schon zuvor bemerkt. Ich überlege, die Tür zu schließen und zu tun, als hätte ich nichts gehört, aber Shaun kommt bereits auf mich zu.

Verlegen grinsend bleibt er vor mir stehen. Ich spähe weiterhin durch den Spalt, wie eine neugierige Nachbarin, und schäme mich. Sag etwas!, rufe ich mir zu. Das Mindeste, was ich nach meiner Spannerei tun kann. Außerdem habe ich mit der Tatsache an sich, dass Shaun etwas mit Männern hat, sei er nun bi oder schwul, selbstverständlich kein Problem. Es ist die

Überraschung, die es mir schwer macht, das Ganze zu verarbeiten.

„Ein neuer Freund?", frage ich, wobei ich mich bemühe, beiläufig zu klingen, was im Flüsterton schwierig ist.

Shaun zuckt die Schultern und schlägt den Blick nieder.

Wenn ich diese Situation nicht gut auflöse, steht das zwischen uns, begreife ich. Außerdem wird mir klar, dass Shaun selbst Schwierigkeiten damit hat. Wenn ich in das gleiche Horn tute, verkompliziert das alles. „Tee?", frage ich.

Shaun nickt und wirft mir einen dankbaren Blick zu.

Wir gehen in die Küche, und ich schließe die Tür hinter uns. Zwar hat Terry ihr Zimmer gegenüber, aber bei geschlossener Tür ist die Wahrscheinlichkeit gering, dass wir sie stören, wenn wir uns leise unterhalten.

Ich fülle Wasser in den Kocher und platziere Teebeutel in zwei Tassen. „Ich werde nichts sagen zu den anderen", beginne ich, während ich mich zu Shaun an den Tisch setze. Am liebsten würde ich ihm sagen, dass es nichts gibt, wessen er sich schämen müsste, dass ich mich sogar freue für ihn. Dann erscheint mir das gönnerhaft, als wäre es an mir, darüber zu befinden, wie Shaun sein Leben zu führen hat. „Ist irgendwie eine schwierige Nacht", sage ich stattdessen. „Ich kann nicht schlafen, deshalb habe ich euch überhaupt gehört."

„Was ist los?", fragt Shaun, und ich bin froh, etwas von ihm zu hören.

Anstatt ihn mit Fragen zu löchern, erzähle ich von Norah, meinem Verdacht und meiner Sorge. Shaun ist ein erstaunlich guter Zuhörer. Wieder wird mir bewusst, wie wenig ich über ihn weiß. Es ist, als würde hier eine andere Version des Kerls sitzen, der jede Nacht Frauen aufriss, um sich das Hirn aus dem Kopf zu vögeln.

„Und gehört hast du nichts?", fragt Shaun, als ich mit meinen Schilderungen durch bin.

„Nein."

Wir schweigen, und ich hoffe, dass Shaun von sich aus beginnt, über die Situation im Flur zu reden. Falls nicht, entscheide ich, ihn nicht mit Fragen zu bedrängen. Ich habe ihm ein offenes Ohr angeboten und finde, dass es seine Entscheidung ist, ob er das Angebot annimmt.

„Er heißt Aron." Shaun schlägt errötend den Blick nieder, und ich muss an mich halten, um nicht aufzuspringen und ihn in den Arm zu nehmen.

„Wo habt ihr euch kennengelernt?", frage ich stattdessen. Ich möchte ihn nicht verschrecken durch eine zu emotionale Reaktion.

„Über eine Dating-App."

Viele Fragen brennen mir auf der Zunge, aber mir ist bewusst, dass ich sie nicht stellen kann, sondern abwarten muss, was Shaun bereit ist, zu erzählen. Die Situation erinnert mich an das Gespräch mit Norah. Beim Gedanken an sie kehren die Sorgen zurück, die sich durch den Austausch mit Shaun kurz verflüchtigt haben.

„Keine Ahnung, warum ich auf die Idee gekommen bin." Shaun kratzt sich am Kinn. „Schon länger habe ich das Gefühl, dass ..." Er schluckt. „Jedenfalls habe ich mich da angemeldet und habe schnell Arons Profil entdeckt. Er ist so ... sicher."

„Sicher?"

„Ich weiß nicht, wie ich es anders sagen soll." Shaun fährt sich mit der Hand durch das kurze Haar. Er wirkt angespannt, und Zurückhaltung erscheint nun noch wichtiger. „Ich weiß ja nicht, oder wusste ja nicht, wie ich ..." Er schüttelt den Kopf.

„Das ist doch heutzutage kein großes Thema mehr", versuche ich die Spannung etwas zu lösen. „Selbst, wenn jemand nur mal herumexperimentieren möchte."

Shaun nickt, und ich schöpfe Hoffnung, dass ich die richtigen Worte gefunden habe. „Anfangs dachte ich das. Weißt du?" Er legt den Kopf schief, und sein Blick geht in die Ferne. „Aber mit Aron ist es anders. Und je öfter wir uns trafen, desto mehr wurde mir bewusst, dass mir die ganze Zeit etwas gefehlt hat."

Ich lasse seine Worte wirken und stelle fest, dass sie Sinn ergeben. Shauns extrem sexualisiertes Verhalten Frauen gegenüber, die übersteigerte Promiskuität – auf den ersten Blick würde man vermuten, ein solcher Kerl ist quasi ein Über-Hetero. Aber was, wenn es einer Verlorenheit geschuldet ist? Dass man auf der Suche nach etwas ist, das man nicht findet und deshalb umso krampfhafter sucht?

„Du hast noch bei keiner Frau so empfunden?"

„Klingt irre, oder? Und bis vor zwei Wochen hätte ich dir auf deine Frage gesagt, dass ich natürlich auf Frauen stehe und die Richtige einfach noch nicht gefunden habe." Shaun sieht in seine Tasse, dann mich an, und ich muss lachen.

„Sorry, unseren Tee habe ich völlig vergessen.“ Ich stehe auf, um den Wasserkocher noch mal zu starten, dessen automatische Abschaltung in unserem angeregten Gespräch unterging. „Ich freue mich auf jeden Fall für dich.“

„Danke.“

Wir trinken Tee, ohne uns weiter über Aron oder Norah zu unterhalten. Stattdessen gratuliere ich Shaun zum gelungen Make-over Randalls, und Shaun erzählt mir, wie es bei seiner Arbeit in der Bar läuft. Natürlich würde ich gerne mehr erfahren, aber es ist neu für uns, so vertraut miteinander zu sprechen, und ich hoffe, dass wir das beibehalten und ausbauen können.

Und wer weiß – vielleicht erfahre ich in den nächsten Tagen mehr zu Aron.

Kapitel 11

Der folgende Ruhetag zieht sich endlos in die Länge, da ich ständig auf ein Lebenszeichen von Norah warte.

Auch am Morgen darauf gilt mein erster Blick meinem Handy, das sich weigert, mir einen Anruf oder Nachricht Norahs zu melden. Am liebsten würde ich gleich Bruce verständigen, befürchte jedoch, trotz seines Angebots, hysterisch zu wirken.

Ich treffe Terry nach der Dusche in der Küche. „Und, hast du was gehört?", fragt sie.

„Leider nein."

„Tut mir leid."

„Vielleicht trügt mich mein Gefühl."

„Wie auch immer. Nimm Bruce' Angebot an." Terry reicht mir eine Tasse mit Tee.

„Mache ich."

Nach Tee und einer Schale Müsli machen wir uns auf den Weg ins Café. Dort angekommen wähle ich Bruce' Nummer und bin froh, dass er nicht entnervt klingt, sondern aufrichtig interessiert daran, den Sachverhalt zu klären.

„Was sagt Bruce?", fragt Terry.

„Er hat schon Norahs Adresse rausgesucht und schickt jemanden vorbei."

„Das wird schon." Terry streicht mir über den Rücken.

„Bestimmt." Ich ringe mir ein Lächeln ab, obwohl ein Ziehen im Magen das Gegenteil behauptet.

„Wonach ist dir heute?"

„Ich verkrümel mich in die Backstube." Tatsächlich bin ich guter Hoffnung, dass Backen mich ablenken wird.

„Alles klar. Ich bin da, wenn du mich brauchst."

Ich beginne mit einem Rezept für eine Schwarzwälder Kirschtorte. Wie erhofft, ist das Zubereiten nicht nur wohltuend, sondern lenkt mich ab, so dass ich entscheide, im Anschluss eine geschichtete Pfirsich-Mascarpone-Torte zu backen.

Als ich damit fertig bin, ist der Vormittag vorbei, und ich gehe in den Gastraum, um Terry zu unterstützen. Das Café ist zur Hälfte gefüllt und Terry ins Gespräch mit zwei älteren Damen vertieft. Die eine fällt mir ins Auge, da sie ihr Haar grün gefärbt hat. „Linny, du musst Audrey und Phyllis kennenlernen." Sie wendet sich an die beiden. „Erzählt Linny mal, was ihr mir erzählt habt."

Die Grünhaarige legt die Fingerspitzen ans Dekolleté, wobei die vielen Reihen mit bunten Anhängern besetzten Ketten ein klirrendes Geräusch von sich geben. „Audrey und ich sind Freundinnen seit fünfundsechzig Jahren und schon durch dick und dünn gegangen." Sie legt die Hand an den Mund und schlägt einen verschwörerischen Tonfall an. „Das meine ich wortwörtlich und sowohl uns selbst als auch die Kerle betreffend."

„Wow!", stoße ich aus und muss angesichts Phyllis' letzter Aussage grinsen.

„Terry hat von dir und eurer tollen Freundschaft geschwärmt“, meldet sich Audrey zu Wort. Sie trägt das weiße Haar schulterlang, blickt mich aus blassblauen Augen freundlich an und sieht in ihrem hellen Hosenanzug umwerfend aus. Erst jetzt wird mir bewusst, was die beiden, Phyllis in grünem Kleid und passendem Haar und Audrey ganz in weiß, für ein tolles Gesamt-Ensemble abgeben.

„Ich bin sehr froh, dass wir einander haben.“ Ich lege meinen Arm um Terry.

„Das müsst ihr auch jeden Tag sein.“ Phyllis legt den Kopf schief. „Freundschaft ist das Wichtigste. Männer kommen und gehen, aber das hier“, sie zeigt erst auf Terry und mich, dann auf Audrey und sich, „das bleibt ein Leben lang.“

„Das hat die gute Dionne Warwick wunderbar in ‚That's what friends are for‘ besungen.“ Audrey singt die erste Zeile des Liedes, das ich ebenfalls liebe, an, und Phyllis stimmt ein.

Ehe ich mich versehe, verstummen die Gespräche im Café, und die Gäste lauschen Audrey und Phyllis, die eine grandiose Gesangseinlage geben, sogar aufstehen, um nach der Darbietung phrenetisch beklatscht zu werden.

Wie unverhofft der vermeintlich graue Alltag durch einen Moment zu etwas Besonderem und Kostbarem werden kann, denke ich und kann beim Blick in die Gesichter der anderen Gäste sehen, dass die ebenso empfinden.

„Das ist Leben“, sagt Phyllis mit einem Lachen.

„Und wir genießen es, so lange es uns vergönnt ist“, entgegnet Audrey, wendet sich dann an Terry und mich. „Wenn mir das in eurem Alter so eine Alte Schachtel wie ich gesagt hat, habe ich innerlich mit den Augen gerollt, aber das Leben ist kostbar und flüchtig wie der Duft einer besonderen Blume. Ehe man sich versieht, ist die verblüht und der Geruch verklungen."

Wir servieren Audrey und Phyllis einen weiteren Kaffee aufs Haus für ihre Darbietung. Es erwärmt mein Herz, dass einige Gäste vor Verlassen des Cafés sich bei den beiden für die Gesangseinlage bedanken.

Als ich den Damen die Rechnung bringe, schaut mich Audrey prüfend an. „Du wirkst niedergeschlagen."

„Bin ich auch. Ich mache mir Sorgen."

„Um jemanden?", fragt Phyllis.

„Eine Freundin oder Bekannte. Wir sind erst dabei uns kennenzulernen. Und ich habe das Gefühl, dass sie etwas beschäftigt, es ihr sogar nicht gut geht, sie aber Schwierigkeiten hat, sich zu offenbaren."

Audrey wiegt den Kopf. „Es hört sich womöglich hart an, entspringt aber meiner Erfahrung, dass man niemand Hilfe aufzwingen kann. Ein Mensch muss dafür bereit sein, sich zumindest ein Stück weit öffnen."

Wir verabschieden uns voneinander, Phyllis und Audrey kündigen an, wiederzukommen, was mich freut, denn solche Gäste sind Juwelen.

Ob Terry und ich im Alter genauso sein werden, frage ich mich, während ich den Tisch abräume. Ich hoffe es.

Kapitel 12

Die Anspannung der letzten Tage fordert ihren Tribut, denn nach unserer Heimkehr gehe ich früh ins Bett und schlafe zügig ein. Zum ersten Mal richtig in dieser Nacht oder an diesem Morgen, was ich daran festmache, dass es mich Zeit kostet zu realisieren, dass mein Handy klingelt. Ich taste danach, bekomme es zu fassen und halte mir das Display vors Gesicht.

Der angezeigte Anrufername weckt mich sofort, und ich sitze kerzengerade im Bett: Es ist Bruce. Mein Herz pocht laut, als ich den Anruf entgegennehme. „Hallo? Bruce?"

„Linn. Guten Morgen. Sorry, dass ich so früh anrufe. Ich hoffe, ich habe dich nicht geweckt?" Bruce' angespannter Tonfall lässt die Furcht vor dem, was er mir sagen wird, mit klammen Fingern in meinen Nacken fahren. „Ich habe leider keine guten Neuigkeiten", bestätigt Bruce meine Befürchtung.

Eine Pause entsteht. Bruce scheint nach den richtigen Worten zu suchen. „Wir konnten Norahs Wohnung ermitteln, und da wir sie nicht erreichten, habe ich eine Streife vorbeigeschickt. Eine Nachbarin hatte glücklicherweise einen Schlüssel."

„Geht es ihr gut?", frage ich und habe im gleichen Augenblick Furcht vor der Antwort.

„Leider war deine Ahnung richtig, Linn. Wir haben sie leblos aufgefunden."

„Wie?" Ich sehe mich selbst von außen, fühle mich dumpf und taub.

„Sie lag in ihrer Badewanne." Bruce seufzt.

„Kann ich zu ihr? Ins Krankenhaus? In welcher Klinik ist sie?"

„Linn, ich würde dich gerne treffen, um den Rest mit dir zu besprechen. Kannst du dir im Café für eine Stunde freinehmen und auf der Wache vorbeikommen?"

„Ja, klar. Ich spreche mit Terry. Wann?"

„Ich bin schon dort und sicherlich auch die nächsten Stunden. Wenn du möchtest, kannst du gleich kommen."

Ich nehme kurz das Handy vom Ohr, um die Uhrzeit abzulesen. Gerade mal sechs. „Ich kann in einer Dreiviertelstunde da sein."

„Dann bis gleich."

Ich ahne, was ich erfahren werde, und würde am liebsten die Decke über den Kopf ziehen und liegen bleiben. Doch die Ungewissheit ist nicht minder quälend, und wenn ich gleich aufbreche, bin ich rechtzeitig im Café.

Ich springe unter die Dusche, schreibe einen Zettel, den ich an Terrys Zimmertür klebe, und verlasse die Wohnung. Stimmungen haben einen starken Einfluss auf die Wahrnehmung. Während ich vor wenigen Tagen noch Gefallen an der erwachenden City fand, bekomme ich heute nichts mit vom Vogelgezwitscher. Selbst das Licht erscheint mir zu hell. An der Ecke Coventry und Wardour Street laufe ich sogar vor ein

Taxi. Der Fahrer bremst mit quietschenden Reifen, lässt sogar die Seitenscheibe runter, um mir nachzubrüllen, dass ich erst auf die Straße gehen soll, wenn ich wach bin.

In der Charing Cross Police Station ist es ruhiger als bei meinen vorherigen Besuchen, was an der Uhrzeit liegen mag. Nachdem ich mich angemeldet habe, dauert es nicht lange, bis Bruce auf mich zukommt. Er lächelt, als er mich ansieht, und trotz seiner ansonsten angespannten Gesichtszüge wirkt das ehrlich. Er freut sich, mich zu sehen. Als würde ich Bruce' Stimmung spiegeln, verursacht das ein Kribbeln in meinem Bauch, obwohl die Sorge um Norah mich weiterhin fest im Griff hält.

In seinem Büro nehme ich vor Bruce' Schreibtisch Platz und verzichte auf den angebotenen Kaffee.

„Der ist ohnehin nicht so gut wie deiner." Wie um das zu bestätigen, schaut Bruce in seine Kaffeetasse, die vor ihm auf dem Schreibtisch steht. Er reibt sich das Kinn, dann sieht er mich an. „Linn. Norah hat offenbar Schlaftabletten eingenommen und sich in diesem Zustand in die Badewanne gelegt."

„Was?", frage ich. Eine seltsame Frage, denn ich habe nicht nur verstanden, was Bruce gesagt hat, meine Fantasie führt die Schilderung bereits fort und weiß, wo sie endet. Doch mein Herz klammert sich an das Unwahrscheinliche und ist womöglich der Ursprung meiner Frage.

„Höchstwahrscheinlich ist sie ertrunken, Linn. Es tut mir unglaublich leid, dir das mitteilen zu müssen, aber Norah ist tot."

Ich betrachte meine Hände, die zittern. „Aber ...", beginne ich, wieder mein Herz, das einsehen muss, dass es die Realität akzeptieren muss.

Bruce ist aufgestanden, hat seinen Schreibtisch umrundet und ist vor mir in die Hocke gegangen. Er legt seine Hände auf meine Schultern. „Es tut mir so leid."

„Hätte ich doch nur ..." Tränen lassen mir die Sicht verschwimmen.

„Du hättest nichts tun können."

Mein Herz will das nicht glauben, fragt mich wütend, warum ich nicht früher reagiert habe. Eine Frage, die mein Gewissen gerne aufgreift und in quälender Intensität wiederholt.

Inzwischen heule ich wie ein Schlosshund, und Bruce, der immer noch vor mir hockt, nimmt mich in den Arm, lässt mich den Kopf an seine Schulter legen. Ich spüre seine Wärme, rieche sein Rasierwasser und eine feine Note darunter, die ich für seinen Geruch halte. In Kombination vermischt sich das zu einer Melange, die, trotz aller Trauer, mein Verlangen, ihm immer so nah sein zu können, vergrößert.

Bruce streicht mir über den Hinterkopf und spricht mir gut zu. Als die Tränen nur noch vereinzelt fließen, hebe ich meinen Kopf von seiner Schulter. Starre auf den dunklen Fleck auf Bruce' hellblauem Hemd: „Sorry."

„Wofür?" Bruce folgt meinem Blick und winkt ab. „Trocknet wieder." Er zieht ein Papiertuch aus einer Box, die auf dem Schreibtisch steht, und tupft mir vorsichtig das Gesicht ab.

Ich schimpfe mich selbst gewissenlos, weil ich das genieße. Doch es ist nicht, dass ich Norah ausblende, im

Gegenteil. Wie könnte ich das? Was mich wirklich umhaut, neben der Tatsache, endlich in seiner Nähe zu sein, ist die Art, wie er sich um mich kümmert. Aufrichtig! Wie viel es ihm bedeutet, meinen Schmerz zu lindern. Entspringt das einem Interesse aus Liebe? Und falls ja, im Sinne einer freundschaftlichen Version oder einer leidenschaftlichen Liebe?

„Geht es wieder?"

Da er erneut vor mir kniet, ist sein Gesicht nahe meinem. Nur ein paar Zentimeter, die ich durch Vorneigen meines Kopfes überbrücken müsste, um ihn zu küssen. Und doch scheint die Entfernung gigantisch, die Bewegung undurchführbar. Ich erwidere Bruce' Blick aus seinen braunen Augen, überlege, wie sich seine Lippen auf meinen anfühlen würden. Warm und weich, während sein Dreitagebart die Haut um meinen Mund kitzeln würde.

„Es geht wieder. Danke." Der Moment gleicht einem dünnen Nebelschleier, der sich wie ein Hauch verflüchtigen wird. „Ich glaube, ich muss ins Café", sagt mein Mund, bevor ich das begriffen habe, und der Zauber verflüchtigt sich.

Bruce steht auf, und die Distanz zwischen uns expandiert zu einer unüberwindbaren Schlucht.

"Wo hat sie gewohnt?" Ich bin selbst verwundert über diese Frage, die womöglich dem verzweifelten Wunsch entspringt, ein wenig mehr über Norah zu erfahren.

Bruce zögert einen Moment, umrundet seinen Schreibtisch, um Papiere darauf durchzublättern. Eine sarkastische Stimme in meinem Kopf gratuliert mir dazu, dass es mir gelungen ist, die ohnehin schon entstandene Entfernung zwischen uns noch weiter zu vergrößern. „Hier ist es. Theed Street."

Ich sehe ihm an, dass es ihm nicht gefällt, weitere Informationen herauszugeben, er sich unter Berücksichtigung meiner Gefühle aber nicht querstellen will.

„Ich verstehe nicht, wie das passieren konnte?"

„Wir sind noch dabei, die genauen Umstände, die zu ihrem Tod führten, zu ermitteln. Es könnte ein bedauerlicher Unfall sein, oder ..." Er sieht mich eindringlich an. „Ich weiß, dass das noch schwerer zu akzeptieren ist, aber die Umstände und was du mir von Norah erzählt hast, dass du den Eindruck hattest, etwas belaste sie – es könnte ein Selbstmord gewesen sein."

Augenblicklich bäumt sich Widerstand in mir auf, den ich nicht begründen kann, weshalb ich stumm bleibe.

Die Polizeistation verlasse ich nicht nur mit der Trauer um Norah, sondern dem quälenden Gefühl, die Chance verpasst zu haben, Bruce meine Gefühle einzugestehen.

Kapitel 13

„Aua! So eine ...“ Ich kann mir gerade so das S-Wort verkneifen. Auch so hat mein Ausbruch gereicht, dass die meisten unserer Gäste mich entgeistert anstarren.

Terry kommt auf mich zu und deutet auf den Finger, den ich mir in den Mund gesteckt habe. „Hast du dir wehgetan?“

Ich nicke und muss aufpassen, nicht in Tränen auszubrechen. Dankbar registriere ich, dass sich unsere Gäste wieder ihren Gesprächen und Kuchen zuwenden.

„Willst du nicht heimgehen? Ich schaffe das hier alleine.“ Terry reicht mir ein Küchentuch, das sie mit kaltem Wasser getränkt hat, um meinen verbrühten Finger zu kühlen.

„Lieb von dir, aber ich glaube, dass ich zu Hause gar nicht zur Ruhe komme.“

„Ich verstehe. Willst du dann servieren und Bestellungen aufnehmen, und ich kümmere mich um die mörderische Kaffeemaschine?“ Terry taumelt mit steifen Beinen und ausgestreckten Armen auf die Maschine zu, als sei sie eine wandelnde Leiche, was mich zum Lachen bringt. „Das werte ich mal als ja.“

Es war eine gute Idee, mich in den Service zu schicken. Im Gespräch mit den Kunden vergesse ich zumindest zeitweise Norah und die verpatzte Annäherung an Bruce.

Dachte ich anfangs, dieser Tag würde niemals enden, ist er erstaunlich schnell vorüber. Als ich die Tür abgeschlossen habe, gehe ich zu Terry, die hinter dem Tresen steht und die Maschine säubert.

„Jetzt erzähl noch mal die ganze Geschichte." Terry nimmt den Aufsatz der Aufschäumdüse ab, an der ich mich vor ein paar Stunden verbrannt habe, um sie in Spülmittel einzulegen.

Ich erzähle Terry von meinem Gespräch mit Bruce. Heute Morgen hatte ich nur Zeit für eine Kurzversion. Als ich zu der Stelle komme, an der Bruce mir Norahs Selbstmord schilderte, kommen mir erneut die Tränen. Als wäre das nicht genug, kehrt das Gefühl, eine entscheidende Chance verpasst zu haben, zurück, während ich Terry zum Abschluss meiner Schilderung von Bruce' liebevoller Zuwendung berichte.

Terry nimmt mich in den Arm. „Das ist ja furchtbar! Ich kann verstehen, dass du neben dir stehst. Ich bewundere dich, dass du heute überhaupt arbeiten konntest. Und dir nur den Finger verbrüht hast."

„Wie ich schon sagte, die Arbeit hat gut getan. Hätte ich zu Hause gesessen, allein mit meinen Gedanken ..." Ich stoße seufzend die Luft aus.

„Was Bruce anbelangt", Terry zieht die Schürze über den Kopf, „da ist das letzte Wort noch nicht gesprochen. Du solltest jetzt offensiver vorgehen. Was im Grunde keine Kunst ist." Sie knufft mir in die Schulter und grinst, was ich erwidere.

„Du meinst, offensiver als in Distanz zu verharren, in der Hoffnung, er meldet sich?“ Wir lachen, und es tut gut. „Da ist noch mehr“, sage ich dann.

„Was meinst du?“

„Der Grund für Norahs Selbstmord.“

„Wahrscheinlich Einsamkeit?“

„Das glaube ich nicht.“ Ich entledige mich ebenfalls meiner Schürze und lehne mich neben Terry an den Tresen. „Wir hatten wirklich einen Draht zueinander. Das hört sich bescheuert an, aber wären wir uns früher begegnet, hätten wir tatsächlich Freundinnen werden können.“

„Du glaubst also, dass das Timing schlecht war?“

„Bei unserem letzten Treffen hatte ich das Gefühl, dass sie mir etwas erzählen wollte. Etwas, das sie beschäftigt hat.“

„Aber?“

„Im Café war so viel los, dass wir unterbrochen wurden. Irgendwie hatte ich das Gefühl, dass es mit ihrem Job zu tun hatte.“

Terry denkt kurz nach. „Du glaubst, dass ein Fall von der Arbeit sie in den Selbstmord getrieben hat? Was sollte das sein? Rufen da nicht vor allem Leute an, die sich umbringen wollen?“

Was Terry sagt, stimmt und hat eine bitterböse Tragik, über die ich auch schon nachgedacht habe. „Wahrscheinlich hast du recht.“

„Deshalb muss deine Vermutung nicht falsch sein. Du weißt ja, dass ich dir ein gutes Einfühlungsvermögen zuspreche. Wenn du das gespürt hast, dann wird da etwas sein.“

„Ich glaube, dass ich ihr das schuldig bin." Ich schaue Terry an. „Ist das bescheuert?"

Terry schüttelt den Kopf, streicht mir über die Schulter und entgegnet: „Überhaupt nicht. Es zeigt nur ein weiteres Mal, was für ein gedankenvoller Mensch du bist. Und außerdem hast du eine gute Spürnase, die dir sogar der Detective Chief Inspector attestierte und die unseren arktischen Gast hinter Gitter brachte."

„Arktischer Gast?"

Terry verzieht das Gesicht. „Heute stehst du aber auf dem Schlauch." Sie presst die Arme an den Körper und watschelt auf und ab.

Ich ringe mir ein Lächeln ab. „Ach, den meinst du. Seit wann leben Pinguine denn in der Antarktis?", merke ich an.

Terry schnaubt übertrieben verächtlich. „Die Frau Lehrerin wieder." Sie knufft mir aufmunternd in die Seite, aber der Schleier der Traurigkeit lässt sich nicht lüften.

„Ich muss herausfinden, was hinter Norahs Selbstmord steckt. Sonst bekomme ich keine Ruhe."

Terry sieht mich prüfend an. „Ich kenne diesen Ausdruck in deinem Gesicht. Die entschlossene Linn ist durch nichts aufzuhalten. Finde ich gut. Und natürlich bin ich dabei."

„Echt?"

„Na logisch! Denkst du, ich lass dich alleine in das nächste Abenteuer springen?"

Ich wollte Terry nicht darum bitten und bin umso erleichterter, dass sie von sich aus zusagt.

„Hast du eine Ahnung, wo Norah gewohnt hat?", fragt Terry.

„Bruce hat mir die Adresse freundlicherweise mitgeteilt. Ich hatte zwar das Gefühl, dass ihm das nicht wirklich recht war, aber er wollte meine Frage wohl nicht zurückweisen."

„Es hat dich ja auch ziemlich mitgenommen, und ich halte Bruce für einen empathischen Kerl."

„Das ist er auch." Ich schlucke und frage mich, warum es mir trotz Bruce' Empathie nicht gelingt, ihm näherzukommen? Die Hoffnungslosigkeit legt sich wie eine Bleischürze auf mich.

„Jetzt mach nicht so ein Gesicht. Wir schauen uns mal in Norahs Wohnung um und werden bestimmt etwas herausfinden."

Ich nicke und würde gerne Terrys Zuversicht teilen, frage mich jedoch, wie wir es anstellen wollen, in Norahs Wohnung zu gelangen?

Kapitel 14

Am nächsten Morgen beginnen wir früh, müssen wir doch für Nachschub in der Kuchentheke sorgen. Mit Terry gemeinsam in der Backstube zu sein, ist für mich das Schönste an unserer Arbeit. Wir scherzen, drehen meist die Musik laut und singen mit, während wir nebeneinander, teilweise miteinander, arbeiten.

Heute ist es anders. In der Backstube herrscht Stille, weder Musik noch ein Gespräch finden statt. Die Situation hat nichts Unangenehmes. Ohne dass es eine von uns beiden anspricht, scheinen wir gleich zu empfinden, dass heute Backen in Ruhe besser passt.

Was ich ebenfalls liebe, ist, dass sich bei der Arbeit mit den Händen irgendwann ein Flow einstellt. Ohne groß über die nächsten Schritte nachzudenken, reihen sich die Handgriffe aneinander, während der Kopf schweigt. Für einige Stunden denke ich nicht an Norah, nicht an Bruce oder meine Eltern. Nur Terry und ich in der Backstube, jede vertieft in ihren Teig.

Leider müssen wir bald das Café öffnen. Heute hätte es mir nichts ausgemacht, den ganzen Tag durchzubacken. Terry geht vor in den Gastraum, um aufzuschließen, und ich spüle unsere Rührmaschine und die Formen.

Ich bin noch dabei, als Terry grinsend zurückkehrt. „Du ahnst nicht, wer da ist."

Ich strafe Terry Lügen, indem ich frage: „Bruce?"

Terry hebt die Brauen. „Siehst du. Eine Meisterdetektivin."

Wäre es doch nur so, denke ich, denn als eine solche hätte ich bestimmt keine weichen Knie, als ich den Gastraum betrete. Die werden noch weicher, als ich Bruce am Tresen stehen sehe und er den Blick hebt, um mich anzusehen.

„Gehts dir gut?", fragt er.

Ich nicke und drohe in Sprachlosigkeit abzutauchen, da führe ich mir meinen Vorsatz vor Augen, Norahs Tod aufzuklären. Ich bin ihr schuldig, dass ich Bruce zumindest nach dem frage, was er herausgefunden hat. „Hast du etwas herausgefunden? Was Norahs Tod anbelangt?" Die letzten Worte flüstere ich, da bereits Gäste im Café sind.

„Können wir woanders hin?" Bruce deutet mit einer Kopfbewegung in Richtung Gastraum, und ich verstehe, was er meint.

„Klar. Wir können in die Backstube gehen."

Er folgt mir, vergräbt die Hände in den Taschen und sagt dann: „Du weißt, dass ich dir keine Informationen aus laufenden Ermittlungen weitergeben darf. Aber da der Hinweis von dir kam, und ich weiß, dass es dich nicht loslässt, ..." Er kratzt sich am Kinn, ringt sichtlich mit sich. „Linn, du musst mir versprechen, das vertrauensvoll zu behandeln. Ich komme in Teufels Küche, wenn herauskommt, dass ich dir etwas erzählt habe."

„Bruce, ich danke dir für dein Vertrauen und freue mich, dass dir wichtig ist, wie es mir geht." Endlich ist das raus. Bruce erwidert sogar mein Lächeln. „Natürlich werde ich dieses Vertrauen nicht missbrauchen. Ich gebe dir mein Wort."

„Okay." Er lässt seinen Blick durch die Backstube schweifen, als müsse er sich sammeln. „Es gibt einen Abschiedsbrief." Er greift in die Innentasche seines Sakkos und zieht ein Stück Papier hervor, das er mir reicht. „Ich dachte, das solltest du sehen, und vielleicht kannst du damit etwas anfangen?"

Das Blatt, die Kopie einer handschriftlichen Notiz, in zittrigen Fingern haltend, fahren meine Augen die wenigen Worte ab.

Es tut mir leid, dass ich euch nicht helfen konnte!

Ich sehe Bruce fragend an. „Was soll das bedeuten?"

„Das weiß ich auch nicht. Zugegeben, es ist ein kurzer Abschiedsbrief, aber er liefert ein Motiv."

Ich lese die Worte ein weiteres Mal. „Norah arbeitete bei der Telefonseelsorge."

„Womöglich wurde ihr die Arbeit zu viel. Ist ein sehr belastender Job."

Ich nicke und zugleich sträubt sich mein Inneres gegen diese, vermeintlich, einfache Erklärung. „Sie hat noch ihre Wohnung gestrichen, neue Möbel gekauft."

„Das ist mir aufgefallen. Aber das ist noch nicht alles, was für einen Selbstmord spricht. In ihrem Blut wurde tatsächlich ein Schlafmittel nachgewiesen, jedoch in deutlich höherer Dosierung, als es ihr verschrieben wurde." Bruce berührt mich am Arm. „Das ist schwer zu verdauen, das verstehe ich. Ich habe dir von Jules, meiner Schwester, erzählt. Sie hat sich zwar nicht umgebracht, aber ich finde, dass es dennoch Parallelen gibt. Es ist das Schuldgefühl, dass man einem Menschen nicht helfen konnte, der sich in einer für ihn ungesunden Situation befand."

„Genau", flüstere ich, und mein Blick verschwimmt.

Bruce drückt meinen Kopf an seine Brust und streicht mir übers Haar, bis meine Tränen versiegen. Dann hält er mich auf Armeslänge an meinen Schultern fest. „Ich trage das mit Jules heute noch mit mir herum, und es gibt immer noch Momente, in denen der Schmerz so frisch ist, als wäre es gerade erst geschehen." Er streicht mir eine Strähne aus der Stirn. „Trauern ist wichtig, aber mach dich frei von Selbstvorwürfen. Ich weiß, dass das schwer ist und weiß ebenso, was es mit einem macht."

„Okay." Mit einem Taschentuch tupfe ich Augen und Wangen trocken.

Bruce verabschiedet sich, und es entsteht erneut ein seltsamer Augenblick, als wir von einem angedeuteten Händeschütteln in eine kurze und verkrampfte Umarmung übergehen.

„Und?", fragt Terry, als ich wieder am Tresen bin.

„Erzähle ich dir später", antworte ich und denke an Bruce' Worte. Ich weiß, dass ich Terry vertrauen kann, dennoch fühle ich mich nicht wohl dabei, mein Wort ihm gegenüber zu brechen, indem ich ihr von Norahs Abschiedsbrief erzähle. Ich hoffe, dass ich während des Arbeitstages Klarheit erlange und zum Feierabend Terry dann berichte. Entweder nur, wie es war, mit Bruce zusammenzutreffen oder ergänzt um die Neuigkeit zu Norahs Fall.

Heute scheint Freundinnentag zu sein. Ausschließlich Damen in Zweiergruppen bevölkern das Café und unterhalten sich angeregt. Das kann mich sogar von Norah ablenken, zumindest zeitweise. Als der letzte Gast das Café verlassen hat, schließt Terry zu.

Ich mache Kassensturz und zähle das Trinkgeld. „Dreihundert Pfund“, sage ich zu Terry, die die Augen aufreißt.

„Nicht dein Ernst!“

Ich zähle noch einmal nach, da ich es selbst nicht glauben kann. „Stimmt. Dreihundert.“ Ich lege das Scheinbündel zwischen uns auf die Theke.

„Hammer! Was machen wir damit?“

Ich überlege. In meinem Kopf hat sich die Stimme, die mir rät, Rücklagen zu bilden, gemeldet, heute aber will ich die ignorieren und mich nach Terry richten. „Was hältst du von einem richtig tollen Dinner?“, schlage ich vor.

„Spitzenidee. Gleich heute?“

„Klar. Warum nicht?“

„Was hältst du vom Yeni?“

Das Yeni ist ein türkisches Restaurant, nicht weit die Straße runter, das nicht nur stylish ist, sondern auch für Vegetarier wie Terry und mich tolles Essen hat.

Während Terry die Spülmaschine einräumt und dann die Tische abwischt, reinige ich den Boden und stelle freudig fest, dass ich mich tatsächlich auf das Essen freue.

Im Yeni angekommen und nachdem uns ein Tisch an der Glasfront zugewiesen wurde, sagt Terry: „Dann erzähl mal.“

„Das ist jetzt schwierig“, beginne ich und entscheide mich für die Flucht nach vorne. „Bruce hat mir eine Information anvertraut, aber nur unter dem Versprechen, dass ich die für mich behalte.“

„Linny.“ Terry fasst meine Hand, die auf der Tischplatte liegt. „Jetzt mach dir nicht schon wieder einen Kopf, ich bin mir fast sicher, dass Bruce davon ausgeht, dass du es mir erzählst. Und selbst, falls nicht.“ Sie wirft mir einen verschwörerischen Blick zu. „Er wird es nicht erfahren.“ Terry bemerkt mein Zögern. „Außerdem habe ich dir doch gesagt, dass wir den Fall gemeinsam aufklären. Somit musst du mich auf den aktuellen Stand bringen.“

„Ach, was solls.“ Ich lehne mich vor und beginne meine Schilderung damit, wie ich mich Bruce gegenüber verhalten habe. Dem Eindruck, dass ich es ein weiteres Mal vergeigt habe, und komme dann zum Abschiedsbrief und der Frage, welche Botschaft der vermittelt.

„Das war doch auch dein Eindruck, dass sie die Arbeit bei der Telefonseelsorge belastete?“, fragt Terry.

„Schon, aber nicht in der Form, dass sie darüber nachdenkt, ihr Leben zu beenden. Vor allem hat sie noch neue Möbel gekauft, und bei ihrem letzten Besuch im Café waren ihre Finger voller Farbe, da sie ihrer Wohnung einen neuen Anstrich verpasste. Das macht man doch nicht, wenn man plant, sich umzubringen?“

„Stimmt wohl, aber vielleicht war der Selbstmord nicht geplant, sondern es gab einen plötzlichen Auslöser.“

„Geht einem Selbstmord nicht immer ein sehr langer Prozess voraus?“

Terry zuckt mit den Schultern. „Das kann ich nicht beantworten."

„Sie sagte, dass sie mir unbedingt etwas erzählen müsste, bei unserem letzten Zusammentreffen. Es hörte sich eher so an, als ob sie in Schwierigkeiten steckte. Was, wenn es ein Mord ist, der als Selbstmord getarnt wurde?"

„Macht ein Mörder sich denn die Mühe, dem Opfer Schlaftabletten einzuflößen? Einen Selbstmord kann man auch vortäuschen, indem man das Opfer aus dem Fenster oder von irgendwo runterstößt."

„Stimmt schon. Dennoch ..." Ich führe den Satz nicht zu Ende, nehme stattdessen einen ordentlichen Schluck von meinem Gin Tonic, den ich mir zum Essen bestellt habe. Heute wäre mir danach, einen zu viel zu trinken. Zumindest würde das die Gefahr verringern, wieder schlaflos im Bett zu liegen.

Ich bestelle mir nach dem ersten einen zweiten und schließlich sogar den dritten Gin Tonic, sodass ich, zu Hause angekommen, schnell in den Schlaf sinke.

Kapitel 15

Schon als sie das Café betreten, sind sie mir unangenehm. Vier Kerle, die in einen Pub gehören, und zwar keinen vernünftigen. Sondern die Art von Laden, in dem der Boden klebt und die Luft getränkt ist von abgestandenem Rauch und literweise verschüttetem Bier.

Lautstark tauschen sie sich aus, schlagen sich immer wieder gegenseitig auf den Rücken, und ich habe Sorge, dass sie aus unserem Café in Kürze die Spelunke machen, in die sie eigentlich gehören. Die einzig positive Nachricht ist, dass sie die einzigen Gäste sind. Zumindest können sie niemanden vergraulen.

Als ich die Bestellung entgegennehme, liegt mir auf der Zunge, sie rauszuwerfen, aber ich traue mich nicht. Zu allem Überfluss bin ich auch noch allein. Terry ist gestern, nach unserem feucht-fröhlichen Abendessen, spontan zu Philipp gefahren und hat bei ihm übernachtet. Heute Morgen rief sie mich dann an, mit der Bitte, ihr den Vormittag frei zu geben, da Philipp erst spät zur Arbeit müsse und sie noch Zeit miteinander verbringen wollten. Was ich ihr zugestehe. Die beiden haben einander schon seit Tagen nicht mehr gesehen.

Ich bringe den vier Kerlen ihren Kaffee, und sie nehmen kaum Notiz von mir, während sie sich weiter unterhalten. Jeder prahlt gegenüber den anderen mit einer Bettgeschichte, wobei der Attraktivitätsgrad der beteiligten Frau mit jeder Schilderung steigt.

Ich beobachte sie vom Tresen und schreibe Terry schließlich eine Nachricht:

Hey Terry, sei mir nicht böse, aber es wäre schön, wenn Du kommen könntest. Habe einen Tisch voller schwanzgesteuerter Idioten hier und bin etwas überfordert. LG Linn

Zunächst will ich die Nachricht nicht abschicken, aber einer der Truppe rülpst wortwörtlich meine Zurückhaltung fort. Es ist der größte Kerl der Gruppe, dessen Gesicht hinter seinen Nasenlöchern verschwindet, denn die Nase ist nicht nur groß, sondern hat Ähnlichkeit mit der eines ringelschwänzigen Tieres, das bessere Manieren an den Tag legt.

Die drei übrigen Typen sehen ansprechender aus, besonders einer mit braunem Haar und blauen Augen, dessen enges Shirt einen definierten Body nicht nur vermuten lässt. Er ist auch derjenige, der die Worte spricht, die mich innehalten lassen. „Will mir nicht einer von euch diese Norah abnehmen?"

Ich bin wie vom Donner gerührt und unfähig, etwas anderes zu tun, als den Kerl anzustarren, was dem glücklicherweise nicht auffällt.

„Läuft das immer noch?", fragt der links vom Rülpser.

„Ich dachte, du willst die abschießen, wenn du sie flach gelegt hast", sagt der Rülpser und stößt ein Grunzen aus. „Und was ist mit Tamy? Die schneidet dir doch die Eier ab, wenn sie herausfindet, dass du mit einer anderen in die Kiste hüpfst!"

„Hey yo!", ruft der Braunhaarige in meine Richtung. „Mach uns noch mal neuen Kaffee."

Wie betäubt, stakse ich an die Maschine. Natürlich muss das nichts bedeuten. Norah ist kein exotischer Name, es muss nicht meine Norah sein, sage ich mir, beschließe aber sogleich, dass es gilt, das herauszufinden.

Die Jungs sind mittlerweile in ihrem Gespräch, das Terry als „verbalen Schwanzvergleich" bezeichnen würde, an einem anderen Punkt angelangt. Ich serviere den Kaffee, ohne dass sie Notiz von mir nehmen, wofür ich dankbar bin.

Endlich geht die Tür auf, und Terry tritt ein. Am liebsten würde ich ihr um den Hals fallen, beschränke mich jedoch auf ein Lächeln, um sie schnell hinter den Tresen zu führen. „Ich bin so froh, dass du da bist. Sorry, dass ich eure Zweisamkeit gestört habe."

Terry deutet mit dem Kopf in Richtung des Männerclubs, Rülpser hat gerade wieder eine Kostprobe seines Könnens gegeben, und sagt: „Linny, dass du mit den Hohlschädeln nicht alleine sein willst, ist mehr als verständlich."

Ich ziehe Terry in den Durchgang zur Backstube und schlage einen Flüsterton an. „Der eine von denen hat eben etwas über eine Norah gesagt. Ein zu großer Zufall?"

Terry schiebt die Unterlippe vor. „Wir werden sehen." Sie zieht ihre Schürze über und steuert auf den Tisch mit den vier Kerlen zu.

„Immer wieder eine Freude, so angenehme Gäste zu haben“, sagt Terry mit fester Stimme, und augenblicklich verstummt die Unterhaltung am Tisch.

Ich halte die Luft an und beobachte, wie die Augen der vier Terry taxieren.

„Ich glaube, meine Freundin Norah war hier eben Thema?“ Terry erwidert ruhig die Blicke, und ich schwanke zwischen Bewunderung und dem Impuls, wie ein Bodyguard in die Schusslinie vor sie zu springen. „Der hat einer von euch nämlich fiese Chlamydien angehängt.“

Der Braunhaarige läuft rot an, als die Blicke seiner Freunde von Terry ablassen und ihn anspringen. „Die hat sie nicht von mir!“, stößt er hervor.

„Das sagen sie alle.“ Terry stemmt die Hände in die Hüften.

Die beiden Kumpane links und rechts des Braunhaarigen rücken mit ihren Stühlen zur Seite. „Eklig, Alter!“, sagt einer von ihnen.

Es schockt mich jedes Mal, wie kindisch Kerle doch sind. Die vier hätte ich auf Mitte zwanzig geschätzt und ihnen nicht das Verhalten von Sechzehn-, maximal Achtzehnjährigen zugetraut. Obwohl bereits der Vorlauf das vermuten ließ.

Der Rülpser bläht seine Nasenlöcher, jetzt sieht er aus wie ein kampfbereiter Stier. „Alter!“, sagt er zu dem Braunhaarigen, „Was sind denn Kalmytiten?“

„Titten?“, grölt der links vom Rülpser.

Ich bewundere Terry umso mehr, da die sich nicht von dem infantilen Gequatsche beeindrucken lässt, sondern mit verschränkten Armen wartet, bis das obligatorische Gelächter auf diesen grandiosen Witz abgeklungen ist, um dann zu korrigieren: „Chlamydien. Und die sind nicht zum Lachen, sondern eine ernstzunehmende Geschlechtskrankheit, die sogar das Gehirn befallen kann."

Der Braunhaarige wird bleich. „Echt jetzt?"

Terry nickt bestimmt. „Allerdings. Deshalb muss sich auch jeder, der Sexualkontakt hatte, untersuchen lassen."

„Wo muss ich da hin?" Der Braunhaarige wirkt verunsichert, und ich muss zugeben, dass es mich mit Genugtuung erfüllt.

„Am besten gibst du mir deine Adresse und Telefonnummer, und ich veranlasse alles", antwortet Terry.

„Du?" Der Braunhaarige sieht Terry irritiert an.

„Ich bin hier nur Aushilfe. Normalerweise arbeite ich in einer Praxis für Geschlechtskrankheiten."

„Ach so." Der Braunhaarige nimmt Stift und Block von Terry entgegen und beginnt zu notieren.

„Jetzt müsst ihr aber gehen", sagt Terry.

„Warum denn das?", fragt der Rülpser.

„Wir müssen jetzt den Tisch und die Stühle desinfizieren. Schließlich können wir es nicht verantworten, dass sich ein anderer Gast ansteckt."

Jetzt werden auch die anderen drei bleich, und ich möchte vor Terry auf die Knie fallen. Was für ein Auftritt!

„Ich dachte, man bekommt das nur beim Sex?", fragt der Kerl rechts vom Rülpser, der bislang am wenigsten gesagt hat.

„Die englische Variante ja", entgegnet Terry.

„Englische Variante?", fragt der Braunhaarige.

„Es gibt noch die Brasilianische, und die kann quasi springen." Terry fährt mit dem Zeigefinger in der Luft eine Bewegung nach, als würde die Seuche vom Braunhaarigen auf dessen Nebenmann hüpfen.

Der springt von seinem Stuhl auf, um auf Abstand zum Braunhaarigen zu gehen. „Bleib bloß weg von mir!", ruft er.

Sie schicken sich an, aus dem Café zu stürmen, aber Terry hat sich vor der Tür platziert und versperrt den Weg. „Aber, aber, meine Herren. Zunächst noch zahlen. Inklusive Desinfektionspauschale."

„Inklusive was?", fragt der Rülpser.

„Na, wer uns so etwas Ansteckendes reinbringt ... Kennt ihr doch sicherlich noch von der Coronapandemie."

Der Wunsch, das Café zu verlassen, um damit der Ansteckungsgefahr zu entgehen, ist so groß, dass die vier, ohne weitere Widerworte, zahlen und von dannen ziehen.

„Du bist der absolute Hammer!", rufe ich, stürme auf Terry zu und falle ihr um den Hals. „Ich habe mir fast in die Hosen gemacht."

„Echt? Warum?" Terry grinst.

Ich drücke ihr einen Kuss auf die Wange. „Du bist einfach du, und ich finde das grandios!"

„Vor allem haben wir jetzt die Kontaktdaten von dem Typen." Terry wedelt mit dem Block vor meiner Nase.

Ich werfe einen Blick auf den Zettel, lese den Namen und bekomme eine Gänsehaut. „Andrew", sage ich.

„Ja?" Terry sieht mich fragend an.

„Norah hat einen Andrew erwähnt und gesagt, dass es kompliziert ist."

Terry macht große Augen. „Das halte ich für mehr als einen Zufall."

„Wenn ich es richtig verstanden habe, hat Andrew eine Freundin namens Tamy."

„Und hat die mit Norah betrogen?"

Ich helfe Terry, den Tisch abzuräumen. „Scheinbar. Es hieß, dass Tamy Andrew die Eier abschneidet, wenn sie es herausfindet."

„Da scheint die arme Norah in üble Kreise geraten zu sein."

„Wenn es sich tatsächlich um den richtigen Andrew handelt."

„Das finden wir leicht raus."

„Wie?"

Terry stellt Tassen und Teller auf ein Tablett. „Das ist leicht. Schließlich erwartet er jetzt den Anruf der Geschlechtskrankheitspraxis." Terry schneidet eine Grimasse. „Manche Typen sind derart hohl, die eignen sich höchstens, um auf ihnen zu trommeln."

Ich muss aufpassen, dass mir der Zuckerspender, den ich nach Abwischen des Tisches darauf zurückstellen möchte, nicht aus der Hand fällt. „Was ist denn das für ein Spruch?", presse ich zwischen den Lachsalven heraus, die mich durchschütteln.

„Ist doch wahr. Wobei der Große mit der Schweinsnase, auf der könnte man wahrscheinlich pusten wie auf einer leeren Flasche." Sie zuckt mit den Schultern. „Waren sie alle, leere Flaschen."

Ich schwenke die Arme vorm Körper, während mir Tränen die Wangen hinunterlaufen. Endlich mal wieder vom Lachen. „Stopp!", rufe ich. „Kein Wort mehr! Sonst musst du dieses Café alleine weiterführen."

Terry macht eine Geste, als würde sie ihren Mund abschließen, und nach und nach beruhige ich mich wieder.

„Weißt du was?", frage ich, nachdem wir das schmutzige Geschirr in die Spülmaschine geräumt haben.

„Nö?"

„Geh!"

Terry sieht mich fragend an.

„Es ist noch nicht zu spät, den abgebrochenen Tag mit Philipp fortzusetzen."

„Echt?" Ich kann die Freude darüber in Terrys Augen sehen und bin froh, mich wenigstens ein bisschen für ihre große Hilfe revanchieren zu können.

„Na klar. Es werden hoffentlich nicht wieder Höhlenmenschen hier reinkommen."

„Falls doch, bau dir eine Fackel und jag sie damit zur Tür raus. Oder melde dich."

„Selbstverständlich versuche ich erst die Fackel." Ich zwinkere Terry zu. „Jetzt hau schon ab."

Kapitel 16

Glücklicherweise betragen sich die übrigen Gäste an diesem Tag, und ich muss Terry nicht einmal behelligen. Ich schließe ab und mache mich ans Aufräumen, als es an der Tür klopft.

Ich fahre herum und bin überrascht: Es ist Shaun. Ich kann mich nicht erinnern, dass er schon einmal im Café war. Wahrscheinlich hätte ich sogar behauptet, dass er gar nicht weiß, wo unser Café ist. Shaun deutet ein Winken an, und ich beeile mich, zur Tür zu gehen, um ihm aufzumachen.

„Hey! Mit dir hätte ich nicht gerechnet." Ich schenke Shaun ein Lächeln, das der etwas verlegen erwidert.

„Sorry, dass ich einfach so aufschlage. Aber ich wollte mit dir reden."

„Und da kommst du extra her? Das hätten wir doch zu Hause machen können?"

Shaun kratzt sich am Hinterkopf. „Terry war vorhin da und hat ein paar Sachen geholt, weil sie bei ihrem Freund übernachtet. Und da hat sie erzählt, dass du heute alleine im Café bist, und ich habe sie gefragt, wann du ungefähr schließen wirst. Hier sind wir ungestörter, und so sehe ich euer Café zumindest mal."

Ohne Terry und mit Randall, der entweder bei seiner Freundin oder in seinem Zimmer ist, wären wir in der WG zwar ebenso ungestört, aber ich verkneife mir die

Bemerkung. Vielleicht ist es Shaun wichtig, quasi auf neutralem Boden zu sein.

„Willst du einen Kaffee?", frage ich.

„Klar, gerne."

Ich gehe voraus, und Shaun folgt mir zum Tresen. Ich schalte die Maschine ein. „Wo drückt denn der Schuh?"

„Manchmal frage ich mich, warum es nicht einfacher ist."

Ich überlege, ob ich darauf etwas erwidern soll oder Shaun noch etwas sagt. Doch der starrt nur zu Boden. „Du meinst dein Coming-out?"

„Wenn ich das genau wüsste. Angenommen, ich erzähle das allen, und dann ist es doch nicht so, stehe ich doch da wie ein Idiot."

Ich halte den Siebträger an die Kaffeemühle und bin froh, dass ich dadurch Sekunden gewinne, um mir eine Antwort zu überlegen. „Du hast also Sorge, dich als schwul oder bi zu outen, um dann festzustellen, dass dem nicht so ist?"

„Ist das bescheuert?"

„Überhaupt nicht. Ich kann zwar nicht nachempfinden, was du durchmachst, aber ich kann versuchen, es mir vorzustellen. Und wenn ich mir vorstelle, dass ich auf einmal feststelle, auf Frauen zu stehen, würde mich das auch verwirren."

Shaun lächelt mich dankbar an. „Wahrscheinlich ist es nicht so, dass das völlig neu ist. Wenn ich ehrlich bin, habe ich schon länger eine Ahnung, aber wollte mir das nie eingestehen."

Ich nicke. „Auch das ist, in meinen Augen, völlig verständlich.“ Ich stelle den Kaffee vor Shaun auf den Tresen. „Aron geht es gut?“ Ich hoffe, mit dieser Frage dem Gespräch einen positiveren Drive zu geben.

Shaun beginnt augenblicklich zu strahlen, und ich freue mich, dass mein Plan aufgeht. „Er ist so ...“ Shaun wird rot und blickt in seine Tasse.

Ich muss tief durchatmen, um ihn nicht fest an mich zu drücken. Wo war dieser niedliche Shaun die ganze Zeit? Scheinbar verdeckt unter dem dicken Panzer aus Coolness, den er sich über die Jahre zugelegt hat. Mir ist aber bewusst, dass Shaun den nur einen Spaltbreit für mich geöffnet hat und vermute deshalb, er würde es in den falschen Hals bekommen, wenn ich ihn einfach so in den Arm nähme.

So lächle ich ihn an und freue mich für ihn. „Was macht er eigentlich beruflich?“

„Er hat einen Buchladen.“

„Das ist mal ein cooler Job“, sage ich und schäme mich sogleich, da mir der Gedanke in den Kopf schießt, dass ich Shaun einen solchen Kerl nicht zugetraut hätte. Ich und meine Vorurteile!

„Da hat er noch einiges an Arbeit mit mir.“

„Wie meinst du das?“

„Ich bin ein Lesemuffel, aber Aron hat eine Art, mir von Büchern zu erzählen, dass ich nun wieder lese.“

Es beruhigt mich ein wenig, dass ich mit meiner Einschätzung nicht völlig daneben lag. „Das ist schön. Ich finde, dass das einer der schönsten Aspekte einer Beziehung ist, wenn man durch den Partner den eigenen Horizont erweitert.“

„Absolut. Das ist mit Aron ohnehin so. Er gibt mir das Gefühl, wieder sechzehn zu sein und alles von vorne zu erleben."

Ich nicke. „Ist ja auch so." Erneut wische ich die Fragen zur Seite, die ich Shaun so gerne stellen würde, und warte ab, was er als Nächstes sagt, denn ich vermute, dass da noch mehr ist.

„Ich weiß ehrlich gesagt nicht, wie ich es meinen Eltern sagen soll."

„Meinst du denn, die hätten ein Problem damit?"

„Bei meinem Vater bin ich mir sicher, bei meiner Mutter habe ich Hoffnung."

Ich weiß wenig von Shauns Eltern, ebenfalls ein Thema, über das wir nie gesprochen haben. „Warum glaubst du, dass er damit Schwierigkeiten hat?"

„Wenn du ihn kennen würdest, wüsstest du warum. Er betreibt eine Autowerkstatt in Caterham. Ich kenne ihn nur mit ölig verschmierten Händen, und für ihn ist ein Mann nur ein Mann, wenn er ebenfalls einer Arbeit nachgeht, bei der er sich die Hände schmutzig macht."

Ich nicke. Tatsächlich habe ich nun ein Bild vor Augen und kann nachvollziehen, was Shaun meint. „Du könntest einen Anfang machen, indem du zunächst Terry und Randall einweihst", schlage ich vor. „Dann hätte zumindest das Versteckspiel ein Ende, und du könntest quasi üben."

Shaun grinst. „Sozusagen ein Coming-out Bootcamp?"

„So in etwa. Wobei ich mir sicher bin, dass weder Terry noch Randall in irgendeiner Form ein Problem damit haben. Warum auch? Sie werden sich ebenso für dich freuen wie ich."

„Hmm."

„Weißt du, wie angenehm es ist, dass nicht mehr täglich wechselnde Damen bei uns ein- und ausgehen? Von den damit verbundenen Aktivitäten, von denen wir nun nicht mehr gestört werden, ganz zu schweigen."

Shaun lacht, ich stimme ein und bin froh, dass die Anspannung dadurch nachlässt.

„Außerdem können wir vielleicht gemeinsam eine Strategie für deine Eltern entwickeln. Und Aron mal kennenlernen?" Kurz überlege ich, ob das ein zu schneller Vorstoß war, doch Shaun nickt: „Hört sich gut an." Er nimmt einen Schluck von seinem Kaffee. „Was ist eigentlich mit deiner Bekannten?"

Ich zucke zusammen.

„Schlechtes Thema?" Shaun sieht mich zweifelnd an.

Es fällt mir immer noch schwer, über Norahs Tod zu sprechen. Doch ich bin es Shaun schuldig, nachdem ich ihm von Norah und meinen Sorgen erzählte. „Leider ging es schlimm aus. Norah hat Selbstmord begangen."

Shaun reißt die Augen auf. „Mann! Du Arme!" Er kommt hinter den Tresen und nimmt mich in den Arm.

Das tut so gut, dass mir Zweifel kommen, ob ich das nicht zuvor ebenfalls hätte machen sollen? Stand mir mein übervorsichtiger Kopf erneut im Weg, oder war es richtig? Zumindest in diesem Moment kann ich mich einfach in den Trost begeben, den Shauns Umarmung mir spendet, und die Gedanken um das wieso, weshalb, was wenn, abschalten.

Nachdem ich Shaun erzählt habe, dass ich nicht glauben kann, dass Norah Selbstmord beging, sagt er: „Ich kann mich umhören. Bei der Arbeit bekomme ich einiges mit. So etwas ist ja nichts Alltägliches."

„Danke", entgegne ich, wobei ich das nicht nur auf Shauns Angebot beziehe. Es scheint verrückt, aber mehr und mehr glaube ich, dass Shaun mir noch richtig ans Herz wachsen wird. „Wollen wir uns auf den Heimweg machen?", frage ich.

Kapitel 17

Wie konnte ich das nur vergessen! Wie vom Donner gerührt starre ich am nächsten Morgen auf das schwarze Buch, das Norah im Café liegen ließ bei jenem letzten Treffen und das ich in meine Handtasche gepackt hatte. Da die seitdem ungenutzt im Zimmer stand, geriet es aus den Augen und Sinn. Wäre die Situation eine andere, hätte ich Hemmungen, in den privaten Aufzeichnungen einer Person zu stöbern, aber hier geht es darum, Norahs Tod aufzuklären.

Dennoch springt mich das schlechte Gewissen an, als ich das Buch aufschlage. Wie ich vermutete, enthält es Einträge, die mit Daten versehen sind. Die letzten liegen nur wenige Wochen zurück. Es handelt sich vor allem um Fälle aus Norahs Job in der Telefonseelsorge. Anfangs nur kurz und knapp, nahezu stichwortartig, werden die Schilderungen zunehmend detaillierter. Es ist förmlich spürbar, wie Norah von der Beobachterposition immer mehr in die Geschichten hineingezogen wurde.

Ich blättere durch die Seiten und verharre bei einem Eintrag, den ich lese, innehalte, um ihn ein weiteres Mal zu lesen. Mir wird heiß, dann wieder kalt. Ist das ein Hinweis? Und bedeutet es das, was ich vermute?

Ich stecke das Buch zurück in die Handtasche und beschließe, es Terry, die die gestrige Nacht wieder bei Philipp verbrachte, später zu zeigen und nach ihrer Einschätzung zu fragen. Sie trifft spät ein, als wir bereits öffnen müssen, und da auch schon eine Gruppe von Gästen wartet, muss ich meine Neuigkeit, obwohl sie mir auf der Seele brennt, auf später vertagen. Endlich kann ich zuschließen und sage zu Terry: „Kommst du mit mir zu Norahs Wohnung?"

„Aber klar doch."

„Ich muss dir noch etwas zeigen." Terry folgt mir in mein Büro, in dem ich meine Tasche abgestellt habe. Der entnehme ich das Buch, suche die richtige Seite und halte es Terry hin.

„Was ist das?", fragt die stirnrunzelnd.

„Dieses Buch hat Norah bei ihrem letzten Besuch im Café liegen lassen. Es war die ganze Zeit in der Tasche, und ich habe es vergessen."

„Ist auch einiges passiert." Terry liest ein paar Zeilen. „Ist das ein Tagebuch?"

„Etwas in der Art. Ich habe es heute Morgen nur überflogen, aber einiges scheint mit Norahs Job zusammenzuhängen und was sie in dem Zusammenhang beschäftigte." Ich schlage eine Seite auf. „Und dann bin ich über diesen Eintrag gestolpert."

„Es tut mir leid, dass ich euch nicht helfen konnte", liest Terry.

„Das ist exakt der Wortlaut."

„Von was?"

„Dem Abschiedsbrief, den Bruce bei Norah gefunden hat. ‚Es tut mir leid, dass ich euch nicht helfen konnte.'"

„Wäre ich an dem Abend früher nach Hause gekommen, hätte ich euch gefunden und ihr wärt gerettet worden. Daran muss ich ständig denken. Ich liebe und vermisse euch!“, liest Terry den restlichen Text auf der Seite.

„Ist es nicht seltsam, dass Norahs angeblicher Abschiedsbrief die gleiche Zeile enthält?“

Terry zieht die Brauen zusammen. „Es stellt sich die Frage, an wen dieser Text gerichtet ist.“

„Zumindest erscheint mir der ursprüngliche Gedanke, dass sie sich damit an die Anrufer bei der Telefonseelsorge richtet, mehr als fragwürdig.“

„Was den Text anbelangt, gebe ich dir recht. Beim Abschiedsbrief wissen wir es nicht.“

„Aber es kann doch sein, dass es gar kein Abschiedsbrief war. Sie hat in dem Buch ihre Gedanken notiert. Womöglich war auch dieser Text nicht für andere bestimmt, und sie schrieb ihn aus derselben Motivation. Da sie die letzten Tage vor ihrem Tod auch nicht das Buch hatte ...“

„... musste sie ihre Gedanken woanders notieren“, beendet Terry meinen Satz. Sie blättert weiter, starrt dann auf eine Seite. „Seltsam.“

„Was ist los?“, frage ich.

„T. Richards weiß Bescheid“, liest Terry und deutet auf den Eintrag, der in einer anderen Farbe als die übrige Schrift auf der Seite in eine freie Ecke geschrieben wurde. „Was soll das bedeuten?“

„Unser Freund Andrew?“

„Ja?“

„Ich habe dir doch erzählt, dass die anderen von seiner Freundin sprachen?“

„Die ihm die Eier abschneiden wollte?"

„Genau die. Die hieß Tamy." Triumphierend verschränke ich die Arme, um festzustellen, dass Terry dieser Fund nicht vom Hocker zu reißen scheint.

„T. Richards ist also Tamy? Andrews Freundin?"

„Das würde doch passen, oder? Wenn diese Tamy herausfand, dass Andrew mit Norah fremdging und Norah die Hölle heißmachte?"

„Ich möchte deinen Enthusiasmus nicht bremsen, aber warum sollte sie das in ihr Tagebuch schreiben? Überhaupt als Notiz? Und würde sie dann nicht nur den Vornamen nutzen? Hinter T. kann sich übrigens auch ein völlig anderer Name verbergen."

Meine Begeisterung fällt in sich zusammen wie Baiser, den man zu früh aus dem Ofen holt. „Stimmt natürlich."

„Sorry, Linny. Ich wollte nicht ..."

„Du hast ja recht. Womöglich konstruiere ich etwas."

„Aber es ist dennoch gut, der Sache nachzugehen. Hier steht auch eine Adresse. Wilston and Son, hört sich nach einer Firma an." Terry tippt den Namen in die Internetsuche ihres Handys. „Jepp. Eine Gas-Wasser-Installationsfirma."

„Vielleicht arbeitet diese Tamy da", versuche ich es.

Wir beeilen uns, aufzuräumen und beschränken die Reinigungsarbeiten auf ein Minimum. In uns beiden brodelt die Aufregung, obwohl sich Zweifel melden, was ich zu finden erwarte. Doch es fühlt sich gut an, etwas tun zu können.

Wir nehmen die Tube und erreichen Waterloo in wenig mehr als einer Viertelstunde. In der Bahn und an der Haltestelle herrscht reges Treiben, befinden wir uns doch mitten im Feierabendverkehr. Je weiter wir uns von der U-Bahnstation entfernen, desto mehr nimmt die Menschendichte ab.

Die Theed Street ist eine kleine Seitenstraße mit Backsteinbauten. Nummer fünfzehn, in der sich Norahs Wohnung befindet, verfügt über zwei Stockwerke. Auch wenn ich lieber zentraler wohne, muss ich zugeben, dass ich mir vorstellen könnte, hier zu leben. Es wirkt anheimelnd und passt zu Norah, wie ich finde.

Laut Klingelschildern lebt im Erdgeschoss jemand namens „Cripton". „Das muss Norahs Nachbarin sein, die einen Schlüssel zur Wohnung hat. Bruce hat das doch erzählt", sage ich zu Terry.

„Super. Dann wissen wir ja, was zu tun ist."

Bevor ich etwas entgegnen kann, hat Terry den Klingelknopf gedrückt. Ich habe keine Ahnung, was sie Miss Cripton erzählen möchte, vertraue aber auf Terrys Schauspielkunst und Schlagfertigkeit.

Die Tür schwingt auf, und in ihr steht eine Frau von Anfang vierzig, wie ich schätze. Mit dem blonden kurzen Haar, blauen Ohrringen mit passender Kette und einem roten Hosenanzug, sieht sie aus wie eine Geschäftsfrau. Sie wirkt freundlich, da sie uns sogleich anlächelt. „Ja bitte?", fragt sie.

„Entschuldigen Sie die Störung", sagt Terry. „Aber über Ihnen ist doch die Wohnung von Norah Gibb?"

Das Lächeln verschwindet augenblicklich aus Miss Criptons Gesicht und weicht einem kritischen Gesichtsausdruck. „Wer sind Sie, wenn ich fragen darf?"

„Ich bitte nochmals um Entschuldigung." Terry legt die Hand auf ihre Brust. „Mein Name ist Amanda Gibb, und das ist meine Schwester Ashley.“ Sie deutet auf mich.

Miss Criptons Gesicht entspannt sich, kehrt aber nicht zum Lächeln zurück. „Sind Sie verwandt mit Norah?“

„Wir sind ihre Cousinen und sind zutiefst getroffen von dem, was passiert ist.“

„Oh natürlich.“ Miss Cripton schlägt die Augen nieder. „Ich möchte Ihnen mein herzliches Beileid aussprechen.“

„Dankeschön.“ Ich befürchte, rot anzulaufen, mache mir aber dann klar, dass einem Menschen in Trauer eine womöglich unpassende Reaktion zugebilligt wird, was mich beruhigt.

„Wir hatten gehofft, einen Blick in die Wohnung werfen zu dürfen?“

Miss Cripton zögert.

„Es würde unseren Schmerz lindern, wenn wir zumindest einen Blick auf ihre Sachen werfen dürften. Auch für unsere schwerkranke Mutter, Norahs geliebte Tante. Sie hat Brustkrebs, wissen Sie? Und nicht mehr lange zu leben.“

„Das ist ja furchtbar.“ Terry scheint mit ihrer letzten Äußerung Miss Criptons inneren Kampf für uns entschieden zu haben, denn sie tritt zur Seite und winkt uns hinein.

Wir betreten einen Flur, der von einer Treppe eingenommen wird, die in das obere Stockwerk führt. Die offen stehende Tür in der Wand rechts führt in Miss Criptons Wohnung.

„Sie müssen nur die Treppe hoch.“ Sie kramt in einer Schale, die auf einem Sideboard an der Wand steht.

„Hier ist der Schlüssel.“ Sie tritt von einem Bein auf das andere. „Ich weiß nicht, wie es oben aussieht. Ich war nicht mehr in der Wohnung, seit die Polizei da war.“

„Machen Sie sich keine Gedanken“, beruhige ich sie. Mir drängt sich die Frage auf, was mit Norahs Sachen geschieht. Es scheint fast so, als habe sie keinerlei Angehörige. Wer übernimmt in diesem Fall das Ausräumen der Wohnung?

„Armes Ding“, entfährt es Miss Cripton. „Wie es schien, hatte sie einige Probleme.“

„Wie kommen Sie darauf?“, frage ich.

„Das habe ich der Polizei auch schon erzählt.“ Miss Cripton zupft eine Fluse von ihrem Ärmel. „Sie wirkte oft niedergeschlagen, in sich gekehrt, als würde sie etwas beschäftigen. Wenige Tage bevor“, sie schluckt geräuschvoll, „wenige Tage bevor das passierte, war eine Frau bei ihr. Ich kam gerade vom Einkaufen zurück. Die war ganz schön geladen, kann ich Ihnen sagen. Fragte mich, ob Norah Gibb über mir wohne. Ich wollte schon nein sagen, aber sie hätte einfach aufs Klingelschild schauen können.“

„Was ist dann passiert?“ Ich werfe Terry einen vielsagenden Blick zu. War diese Frau die gehörnte Tamy gewesen, die Norah wegen ihrer Affäre mit Andrew zur Rede stellen wollte?

„Es ging ziemlich lautstark zu, trotzdem habe ich nicht alles verstanden. Ich bin auch nicht so eine.“ Miss Cripton lächelt nervös. „Jemand, der seine Nachbarn belauscht. Aber ich bin mir ziemlich sicher, dass die Dame zu Norah gesagt hat, dass die damit aufhören und sie nicht mehr belästigen soll.“

„Und das haben Sie der Polizei ebenfalls erzählt?" Terry kratzt sich an der Schläfe.

„Das habe ich."

„Danke, dass Sie uns das erzählt haben." Vor meinem geistigen Auge sehe ich die arme Norah, Auge in Auge mit der ausflippenden Tamy.

Wir erklimmen die Treppe zum Obergeschoss. Ich schließe die Tür auf, und sogleich empfängt uns der Geruch einer frisch gestrichenen Wohnung. Wie Norah mir erzählte, erstrahlt der großzügige Wohnraum, der zur Front des Gebäudes ausgerichtet ist und in dessen hinterem Teil sich eine offene Küche befindet, in einem satten Blauton. Zur Rückseite des Hauses schließen sich ein winziges Bad und ebenfalls kleines Schlafzimmer an. Die Wohnung ist mit hellen Holzmöbeln eingerichtet und wirkt einladend. Ich habe ein Chaos von der Durchsuchung durch die Polizei erwartet und bin angenehm überrascht, meine Annahme nicht bestätigt zu sehen. Dann frage ich mich, ob es mich nicht stören sollte, da dies den Rückschluss zulässt, dass nicht aufmerksam nach Beweisen gesucht wurde?

Terry übernimmt das Wohnzimmer, ich begebe mich ins Schlafzimmer. Betrachte Norahs Bett und frage mich, wie ihre letzte Nacht ausgesehen hat. Die Bettwäsche, rot mit weißem Blütenprint, hätte mir ebenfalls gefallen.

Ich schüttele die Trauer ab, die wieder nach mir ausgreift. Ich muss jetzt konzentriert sein, um nichts zu übersehen. Die Nachttischschubladen sind herausgezogen und enthalten nur Medikamente, Taschentücher und Bücher. Ich beschließe, die Schublade mit den Medikamenten Terry zu zeigen, vielleicht erkennt sie darin etwas Interessantes.

Ich lege mich auf den Boden, um unter das Bett zu schauen. Das hat die Polizei sicherlich auch getan und scheinbar nichts Interessantes gefunden. Dennoch hält sich die Ahnung hartnäckig, dass es noch etwas zu entdecken gibt.

Auf dem Boden liegend starre ich an die Decke, an die jemand, vermutlich Norah, Sterne geklebt hat, die im Dunkeln leuchten. Das rührt mich, und ich muss mehrfach schlucken, um nicht in Tränen auszubrechen.

Ich drehe den Kopf zur Seite und schaue unter das Bett und drehe mich aufgeregt auf den Bauch, um darauf zuzurobben und mich letztendlich darunter zu quetschen, was mir erstaunlich gut gelingt. Das Bett steht in der Ecke des Zimmers, und der Gegenstand liegt in der Nähe des in der Ecke befindlichen Pfostens.

Meine ausgestreckte Hand umfasst ihn, und ich krieche wieder hervor.

„Das nenne ich mal gründlich“, empfängt mich Terry, die vor dem Bett steht.

Mein Kopf glüht und ist bestimmt knallrot, was nicht nur von der Rumkriecherei kommt. Aus irgendeinem Grund fühle ich mich ertappt, wieso eigentlich, schließlich war es der Grund unseres Besuches, etwas zu finden.

„Was hast du da?“ Terry zeigt auf die Dose in meiner Hand.

„Das sind doch irgendwelche Pillen?“

Terry nimmt die Dose in die Hand und betrachtet sie stirnrunzelnd. „Sie hat doch Schlaftabletten eingenommen, oder?"

„Laut Bruce, ja."

Terry wedelt mit dem Behälter. „Das hier ist ein Schlaf- oder auch Beruhigungsmittel."

Ich betrachte das aufgeklebte Etikett. „Diazepam", lese ich.

„Genau." Ich deute auf das Bett. „Die müssen Norah unter das Bett gerollt sein, möglicherweise nach der letzten Einnahme."

Ich bemerke Terrys gerunzelte Stirn. „Ist etwas nicht in Ordnung?"

„Zunächst einmal frage ich mich, wie gründlich oder eben oberflächlich die Polizei nach Hinweisen gesucht hat, wenn sie das übersehen haben. Außerdem ist Diazepam, soweit ich weiß, ein ziemlicher Hammer und hat eine relativ lange Wirkdauer. So etwas wird nur bei schwierigen Fällen verschrieben."

„Vielleicht war Norah ein schwerer Fall."

„Was die Selbstmordthese stützen könnte. Nicht falsch verstehen."

„Ich verstehe, was du meinst."

Angestrengt starrt Terry auf die Beschriftung. „Leider ist der Teil verwischt, wo die ausgebende Apotheke vermerkt ist. Ich werde die mal mitnehmen und Mrs Norch zeigen. Vielleicht kann sie mir mehr dazu sagen."

Wir verlassen die Wohnung, steigen die Treppe zum Erdgeschoss hinab und klopfen bei Miss Cripton an, der ich Dank ausspreche und den Schlüssel überreiche.

Kapitel 18

Terry kramt ihr Handy aus ihrer übergroßen Umhängetasche, die sie nahezu immer dabei hat, wenn sie das Haus verlässt. „Bist du mir böse, wenn ich Philipp einen Besuch abstatte und den Bus nehme?"

„Natürlich nicht." Lieber wäre mir, nicht alleine nach Hause fahren zu müssen, aber ich kann nicht ständig von Terry erwarten, dass sie auf mich Rücksicht nimmt.

Wir verabschieden uns voneinander, bevor ich bei der Waterloo Station in die Tube steige und Terry den Bus nimmt. Mit gemischten Gefühlen suche ich mir einen freien Platz. Ich nehme das Buch aus meiner Tasche und beginne, von Anfang an zu lesen.

Derart vertieft darin, verpasse ich nahezu die Haltestelle Piccadilly Circus. Die Frau bemerke ich nur aus dem Augenwinkel, als ich von meinem Platz springe, um noch rechtzeitig die geöffnete Tür zu erreichen, bevor sie geschlossen wird. Es ist dieses seltsame Gefühl, dass etwas nicht stimmt, welches mich beschleicht und zurückschauen lässt.

Mit mir sind weitere Fahrgäste aus der Tube geströmt, und ich kann die Frau unter ihnen nicht ausmachen. Würde ich sie überhaupt wiedererkennen? Und was war der Grund, der mich aufmerken ließ? Zumal mein plötzliches Aufspringen ohnehin die Aufmerksamkeit auf mich lenkte, überbewerte ich da nicht jemanden, der mich anstarrt?

Der Eindruck, beobachtet zu werden, begleitet mich auf dem Heimweg. Dennoch widerstehe ich dem Impuls, mich umzudrehen. Es ist wie mit dem Gefühl, fortlaufen zu wollen, gibt man dem einmal nach, reißt es einen mit sich. Ich ignoriere sowohl die eine Stimme, die mir sagt, nicht auf direktem Wege nach Hause zu gehen, um einem potentiellen Verfolger den Ort nicht preiszugeben als auch die andere, die mir rät, Terry anzurufen. Auf gar keinen Fall werde ich sie erneut stören, sonst denkt sie noch, ich möchte ihre Beziehung mit Philipp torpedieren!

Ohne Umweg erreiche ich unsere Wohnung und bin froh, als die Haus- und schließlich die Wohnungstür hinter mir ins Schloss fallen. Weniger froh bin ich darüber, allein zu sein.

Ich mache mir einen Tee und setze mich mit Norahs Buch an den Küchentisch. Weiterhin plagt mich mein schlechtes Gewissen, derart tief in die Privatsphäre eines mir im Grunde fremden Menschen einzudringen. Dass meine Absichten rein sind und es der Aufklärung von Norahs Tod dient, macht es ein wenig besser, bringt mein Gewissen aber nicht vollkommen zum Schweigen.

Ich erfahre viel über Norah, die selbst sowohl mit depressiven Phasen als auch Schlafproblemen kämpfte. Wobei das eine höchstwahrscheinlich das andere bedingte. Ich frage mich, ob ein Mensch, der für die Telefonseelsorge arbeiten soll, nicht bestimmte Grundvoraussetzungen mitbringen müsste, die ihn für diese schwere Aufgabe qualifizieren. Es erscheint mir unklug, dass eine Person wie Norah, die mit sich selbst kämpft, auch noch die Probleme anderer mit nach Hause nimmt. Oder ist es so, dass insbesondere jemand, der unter einem Problem leidet, sich in einen anderen Menschen, der dies ebenso durchmacht, einfühlen kann? Soll das überhaupt geschehen?

Ich bin überrascht, dass Norah selbst diese Fragen formuliert und zum Teil beantwortet hat. Daher verschwieg sie ihre eigenen Probleme bei der Arbeit, wohl wissend, dass man sie sonst nicht hätte dort arbeiten lassen, ihr schon gar keine feste Anstellung angeboten hätte.

Je mehr ich lese, desto klarer zeichnet sich das Bild ab, das ich instinktiv schon bei Norahs erstem Besuch in unserem Café spürte. Die Blase der Traurigkeit und Einsamkeit war nichts, was ich mir einbildete. Norah war darin gefangen, und anstatt sich Hilfe zu suchen, hatte sie die Flucht nach vorne angetreten, indem sie sich der Probleme Anderer annahm.

Obwohl mir klar ist, dass ich mich dem Kern des Falles nähere, breche ich irgendwann die Lektüre ab. Nicht nur, weil es schmerzhaft ist, zu lesen, wie Norah sich quälte, immer wieder aufrappelte, obwohl sie kräftemäßig bereits am Ende war. Es ist die Schuld, die mir unbarmherzig das Herz zerreißt, denn ich hätte eingreifen können. Die Frage nach dem Wie könnte dieses Schuldgefühl als Trugschluss entlarven, tut es aber nicht. Ich hätte es zumindest versuchen müssen.

Ich gehe auf mein Zimmer, um ins Bett zu gehen. Ahne bereits, dass es eine schlaflose Nacht werden wird. Ich wälze mich von einer Seite auf die andere, und in meinem Kopf kreisen die Fragen und Vorwürfe umeinander. Schließlich falle ich in einen unruhigen Schlaf und träume von Norah. Im Traum sehe ich, wie sie in die Badewanne steigt und ihr, als sie darin liegt, die Augen zufallen. Dann sinkt sie unter die Oberfläche. Luftblasen tauchen auf, dann liegt die Wasseroberfläche still.

Kapitel 19

Am nächsten Morgen nehme ich mir vor, den Rest des Buches gemeinsam mit Terry durchzugehen. Es wühlt mich zu sehr auf. Außerdem sehen vier Augen mehr als zwei. Verwundert muss ich feststellen, dass ich immer noch alleine in der Wohnung bin.

Wie der einsamste Single Londons fühle ich mich, als das Wasser der Dusche über meinen Kopf strömt, und ich muss mich zusammenreißen, nicht heulend zusammenzubrechen. Mir macht das Alleinsein nichts aus. Normalerweise. Wenn einem aber von allen Seiten die Freuden der Zweisamkeit unter die Nase gerieben werden, lösen sich die trüben Gedanken aus der Tiefe. Zum Beispiel der, dass ich immer Single bleiben werde. Nicht hübsch, nicht sexy, nicht sonst noch was bin, um einen Kerl abzukriegen. Der trübste aller Gedanken, sozusagen der Gollum meines düsteren Denkens, ist der, dass ich es mit Bruce nachhaltig verkackt habe. Je öfter ich die letzten Zusammentreffen Revue passieren lasse, desto mehr begreife ich sein Handeln als Annäherung, die ich nicht verstehen wollte oder konnte und dadurch auch nicht adäquat erwiderte. Womöglich wären Bruce und ich ebenfalls an einem anderen Punkt, wenn ich einmal mutig wäre?

Ich beeile mich, um die Wohnung verlassen zu können. Im Café wird sich der eiserne Griff der Einsamkeit hoffentlich lösen. Auf dem Fußweg versuche ich, meine Gedanken auf den heutigen Arbeitstag zu lenken, und hoffe, dass das Ausprobieren neuer Rezepte in der Backstube mich auf andere Gedanken bringen wird.

Erfreut stelle ich fest, dass sich meine Laune bereits gebessert hat, als ich am Café ankomme. Da wir gestern schnell fortwollten und nur die nötigsten Reinigungsarbeiten vorgenommen haben, beginne ich damit. Putzen gehört nicht zu meinen Lieblingsarbeiten, ist aber eine der Tätigkeiten, die mich auf andere Gedanken bringen. Ich wische den Boden, reinige sogar unseren großen Spiegel, den Terry seit einigen Wochen nicht mehr als Präsentationstafel nutzt, der aber von den Monaten davor immer noch vollgeschrieben ist. Ich bin überrascht, wie viel größer und heller der Raum wirkt, wenn der Spiegel tatsächlich als solcher zu erkennen ist.

„Wow! Bin ich hier richtig?", ertönt Terrys Stimme hinter mir, und ich fahre herum.

„Schön, dass du da bist. Angenehme Nacht gehabt?"

Terry grinst schief. „Sagen wir mal so – viel geschlafen haben wir nicht."

Terrys Antwort nährt zwar mein Einsamkeitsgefühl, das ich durch das Arbeiten aus dem Fokus drängen konnte, dennoch ringe ich mir ein Lächeln ab. Ich gönne Terry ihr Glück wirklich und von Herzen. Ich kenne niemanden, der es mehr verdient hätte, immerhin hatte Terry bislang ein ähnlich unglückliches Händchen wie ich, was die Männer anbelangt.

„Alles okay bei dir?" Terry kommt auf mich zu, fasst mich an den Schultern. „Habe mir schon gedacht, dass das mit dem Buch eine harte Nummer ist." Sie nimmt mich in den Arm, und ich lege den Kopf an ihre Schulter, genieße das Gefühl der Wärme, das mich durchströmt. Genau das habe ich gebraucht.

„Norah hat ganz schön was durchgemacht", sage ich, nachdem wir die Umarmung gelöst haben. „Sie kämpfte selbst mit Depressionen."

„Das dachte ich mir. Ich habe sie ja nur zweimal hier erlebt, aber sie wirkte, als würde sie erdrückt unter der Last, die sie zu tragen hatte."

„Genauso war es."

„Ob es dann eine gute Idee war, ausgerechnet in der Telefonseelsorge zu arbeiten?"

„Eher nicht. Das schreibt sie sogar selbst."

„Ich war der Meinung, die nehmen niemand, der gefährdet ist, überhaupt für diesen Job."

„Tun sie auch nicht. Aber Norah hat es bewusst verschwiegen."

„Vielleicht suchte sie den Schmerz."

Ich runzele die Stirn. „Was meinst du?"

„Na ja, es gibt ja Menschen mit einer masochistischen Ader."

„Vielleicht. Oder sie hoffte, dass durch die größeren Probleme Anderer, die eigenen unwesentlicher erscheinen."

„Auch ein Punkt."

Ich schaue auf die Uhr. „Wir sollten öffnen."

Terry hält mich zurück. „Eine Sache noch. Ich weiß, dass ich dich in letzter Zeit häufiger alleine gelassen habe, auch hier, aber es hat ebenfalls mit dem Fall zu tun. Mrs Norch hat sich bei mir gemeldet und gefragt, ob ich mal wieder ein paar Fahrten übernehmen kann."

Das trifft mich unvorbereitet. Irgendwie war das Thema mit Terrys Zweitjob für mich Geschichte. „Willst du das denn?"

„Keine Sorge. Zum einen werde ich damit nicht wieder regelmäßig anfangen, und zum anderen ist es eine super Möglichkeit, Mrs Norch die Tabletten zu zeigen, die wir bei Norah gefunden haben."

„Jetzt verstehe ich. Gute Idee."

„Die ein wenig besser gelingen wird, wenn ich Mrs Norch im Gegenzug einen Gefallen tue, und das wäre, ein paar Fahrten zu übernehmen."

Ich bin nicht begeistert über die Aussicht, erneut alleine im Café zu sein, aber die Aussicht auf weitere Informationen ist zu verlockend. „Okay."

„Ich werde sie gleich mal anrufen und fragen, ob ich heute kurz vorbeikommen kann, dann könnte ich ihr die Pillen zeigen. Wird bestimmt nicht lange dauern, aber ich werde ihr dann anbieten, Medikamente auszuliefern, sodass ich einen anderen Tag nicht hier wäre."

„Schon in Ordnung. Es ist wichtig, dass wir mehr erfahren."

„Und außerdem behalte ich so einen Fuß in der Tür."

Jetzt muss ich lächeln, da der Satz eigentlich hätte von mir kommen müssen. „Da gebe ich dir recht."

Ich schließe auf und werfe einen Blick auf die Straße. Werde ich paranoid? Nicht die einzige Frage, die ich mir stelle, sondern auch die, ob es sich um die Gleiche handelt? Ich spreche von der Frau, die mich gestern in der Tube beobachtet hat. Oder vielmehr, von der ich glaube, dass sie mich beobachtete. Wie sie dasteht und mich anstarrt, beklemmt mich. Dabei wäre das auch jetzt nicht ungewöhnlich, sie könnte nach unserem

Café Ausschau halten und nicht nach mir als Person. Doch das Gefühl meldet sich erneut, exakt das, was mich gestern beschlich.

Ich wende den Kopf. „Terry? Kannst du mal bitte kommen?"

Ich höre Terrys Schritte, nehme erneut die Straße in den Fokus, doch die Dame ist verschwunden.

„Was ist denn los?"

Ich reibe mir die Augen. „So langsam glaube ich, ich werde verrückt."

„Ich hätte dich niemals als normal bezeichnet." Als ich nicht auf Terrys Witz reagiere, zieht sie die Brauen zusammen. „Alles okay? Du siehst aus, als hättest du einen Geist gesehen."

„Vielleicht ist das auch so."

Terry führt mich zum Tresen. „Jetzt spuck schon aus, was los ist."

„Als ich gestern in der Tube saß, las ich in Norahs Buch und hätte fast die Haltestelle verpasst."

„Das passt in der Tat nicht zu dir."

Ich lasse das unkommentiert. „Als ich zur Tür stürmte, fiel mir eine Frau auf, und irgendwie hatte ich das Gefühl, sie beobachtet mich."

„Je nachdem, wie du zur Tür gestürmt bist, wäre das nicht ungewöhnlich."

„Genau das dachte ich auch. Aber gerade habe ich diese Frau auf der anderen Straßenseite gesehen, und sie hat mich beobachtet."

„Süße, sei mir nicht böse, aber ..."

„... das hört sich paranoid an? Sag ich doch."

Terry streicht mir über die Schulter. „So meinte ich das nicht."

„Ich verstehe dich ja. Ich sage mir genau das Gleiche. Und frage mich, wie ich mir sicher sein kann oder ob ich mir sicher bin, dass es dieselbe Frau ist wie gestern. Und ob sie tatsächlich mich beobachtet oder alles nur ein seltsamer Zufall ist."

Die Türklingel kündigt den ersten Gast an, und wir vertagen das Gespräch auf den Feierabend. Mein Kopf aber will das nicht akzeptieren, malt sich die ganze Zeit aus, die Unbekannte würde jeden Augenblick ins Café stürmen und mich angreifen oder verschleppen. War ich vor unserer Verfolgungsjagd mit Kratergesicht und Sullivan im Pinguin-Fall schon so wahnhaft? Ist es das überhaupt, oder ist meine Ahnung zutreffend?

Mir wird klar, dass wir erneut dabei sind, auf eigene Faust zu ermitteln, ohne Bruce informiert zu haben. Schon beim letzten Mal war er stinksauer. Ein weiteres Mal wird er uns das nicht durchgehen lassen. Und ich kann ihn sogar verstehen.

„Miss? Können wir dann endlich zahlen?", fragt der schnöselige Kerl Anfang zwanzig in genervtem Tonfall. Seine Begleitung, Schlauchbootlippen und kopfüber in den Schminktopf gefallen, lacht übertrieben laut.

„Nur einen Augenblick." Einen neutralen Tonfall wahrend, gehe ich zur Kasse, um die Rechnung auszudrucken. So gerne ich eine entsprechende Bemerkung loswerden würde, ich bin dafür nicht ausreichend bei mir. Mein Kopf verliert sich in Gedanken, und ich taumele durch das Café wie ein Zombie.

So schlucke ich auch die Bemerkung des Kerls an seine Begleitung, als ich ihm die Rechnung reiche, dass dies der schlechteste Service sei, den er seit Langem erlebt habe, ohne weiteren Kommentar.

Ich bin froh, als der Arbeitstag vorüber ist und Terry zuschließt. „Also, jetzt noch mal", Terry kommt zu mir. Ich bin dabei, die Theke abzuwischen. „Du bist der Meinung, dass dich gestern in der Tube eine Frau beobachtet hat und dieselbe Frau vorhin auf der anderen Straßenseite stand?"

„Hört sich irre an ..."

„Linny", unterbricht mich Terry. „Ich bin's, Terry. Keine Rechtfertigungen. Ich glaube dir. Immerhin sind wir wieder mitten in einem Fall."

„Darüber wollte ich ebenfalls mit dir sprechen. Meinst du, es ist klug, schon wieder hinter Bruce' Rücken zu handeln?"

Ich erwarte Terrys Widerworte, doch die nickt. „Nicht nach der Geschichte mit Kratergesicht und Sullivan in der Kirche."

„Eben."

Terry schnippt mit den Fingern. „Ich habe eine Idee. Wenn du Bruce das Buch bringst?"

Ich runzele die Stirn. „Und was soll ich sagen, wie ich daran gekommen bin?"

„Warum erzählst du nicht einfach die Wahrheit?"

Ich überlege kurz. „Dann würde sich allerdings die Frage stellen, warum ich damit erst jetzt zu ihm komme."

„Auch da kannst du bei der Wahrheit bleiben. Er weiß, wie sehr dich die Sache aufgewühlt hat. Da ist es nicht ungewöhnlich, dass du das Buch vergessen hast."

Ich denke an Norahs düstere Ausführungen. „Nicht, dass Bruce den Fall dann als Selbstmord zu den Akten legt?"

„Womöglich hat er das ohnehin schon, und wir haben auch andere Hinweise. Bruce weiß ebenfalls von der Frau, die Norah kurz vor ihrem Tod aufsuchte. Vielleicht findet sich ja noch ein weiterer Hinweis."

„Sofern es einen gibt."

„Ich traue deinem Gefühl." Terry reißt die Augen auf und schlägt sich an die Stirn. „Ich Eseline!"

„Was ist los?"

„Mrs Norch, die habe ich total vergessen."

Erst jetzt fällt mir Terrys Ankündigung wieder ein. „Und wenn du dich entschuldigst und jetzt noch gehst?"

„Ich rufe sie mal an." Terry zieht ihr Handy aus der Tasche und spricht mit der Apothekerin, die dem Vernehmen nach nicht verärgert und mit einem verspäteten Treffen einverstanden ist. „Komm doch einfach mit", bietet Terry an, nachdem sie das Gespräch beendet hat.

„Geht das?"

„Na klar. Schließlich interessieren dich die Informationen auch, und du kannst ihr direkt Fragen stellen, wenn etwas unklar sein sollte."

„Meinst du nicht, dass sie das stört?"

„Mrs Norch? Die ist locker und hat damit bestimmt kein Problem."

Kapitel 20

Mrs Norchs Apotheke befindet sich auf der Harley Street im Stadtteil Marylebone und ist sogar denkmalgeschützt, was am wunderschönen viktorianischen Interieur liegt. Eine dunkle Holztheke und dahinter deckenhohe Regale, in denen neben aktuellen Medikamenten auch frühere Glas- und Keramiktiegel stehen, worin zur damaligen Zeit Medikamente angeboten wurden.

Mrs Norch gibt nicht nur bereitwillig Auskunft darüber, sondern freut sich, dass auch ich mich wissbegierig zeige, etwas zu Medikamenten zu erfahren. „Die meisten Leute schlucken alles, was der Doktor ihnen aufschreibt, ohne nachzufragen. Das ist teilweise schon erschreckend." Sie schüttelt den Kopf, und ich mag ihre grauen Augen hinter der großen Brille, die von Lachfältchen eingefasst werden. Mit ihren grauen Haaren, die sie am Hinterkopf zu einem Haarknoten zusammengebunden hat, sieht sie aus wie eine der freundlichen Großmütter aus der Werbung.

„Ich dachte, dass Diazepam nicht unbedingt ein Schlafmittel der ersten Wahl ist", sagt Terry.

„Und damit liegst du absolut richtig. Es sollte nicht einmal eines der zweiten oder dritten Wahl sein, wobei Schlafmittel ohnehin ein zweischneidiges Schwert sind."

„Warum?“, frage ich.

Mrs Norch seufzt. „Ein schwieriges Thema. Nicht schlafen zu können, ist ein großes Problem, nicht nur subjektiv, sondern auch medizinisch. Ein Organismus, der nachhaltig nicht zur Ruhe kommt, wird krank. Insofern ist der Wunsch nach einer schnellen und einfachen Lösung verständlich.“

„Aber es ist keine Dauerlösung.“

Mrs Norch deutet auf Terry. „Exakt. Um kurzzeitig jemandem zu helfen, seine Schlafprobleme in den Griff zu bekommen, kann ein Schlafmittel durchaus sinnvoll sein, aber meist werden sie zu häufig und zu lange angewendet.“

„Was ist das Problem? Ich hoffe, das ist keine dumme Frage?“ Ich räuspere mich.

„Keinesfalls. Es ist sogar die entscheidende Frage.“ Mrs Norch dreht die Tablettenschachtel, die wir aus Norahs Wohnung mitbrachten, zwischen den Fingern. „Die meisten dieser Präparate machen abhängig. Früher setzte man Barbiturate ein, die waren dazu noch gefährlicher und machten noch abhängiger. Das hier ist der Nachfolger, ein sogenanntes Benzodiazepin. Als die auf den Markt kamen, behauptete die Pharmaindustrie, dass kein Abhängigkeitspotenzial bestünde.“

„Was natürlich Quatsch ist“, ergänzt Terry.

„Leider richtig. Es ist zwar schwieriger, sich mit den Tabletten ins Jenseits zu befördern, aber unmöglich ist das nicht.“ Mrs Norch räuspert sich. „Nun gibt es bei Medikamenten innerhalb der Substanzgruppe meist verschiedene Vertreter.“

„Ein bisschen so, wie es unterschiedliche Automodelle gibt“, ergänzt Terry, die meinen fragenden Blick bemerkt.

„Ja, das kann man so stehen lassen“, entgegnet Mrs Norch. „Um bei Terrys Beispiel zu bleiben, sind die Benzodiazipine die Autos und das Präparat hier ist quasi ein Truck. Man würde jemandem, der mobil sein möchte, ja auch nicht als Erstes einen Truck verkaufen, sondern zum Beispiel einen Kleinwagen.“

„Ich verstehe“, sage ich.

„Entweder“, fährt Mrs Norch fort, „bestand bei eurer Freundin die Problematik schon länger, und wir haben hier das Ende einer längeren Odyssee vor uns, oder ihre Probleme waren derart ausgeprägt, dass man sich gleich für den Truck entschieden hat.“

„Es gibt noch eine dritte Möglichkeit.“ Terry lehnt sich vor. „Sie geriet an einen Arzt, der unbedacht handelte.“

Mrs Norch zieht die Brauen zusammen. „Leider lässt sich das nicht sicher ausschließen, aber ich halte es dennoch für unwahrscheinlich.“ Sie deutet auf die Dose in ihren Händen, dreht den Deckel ab und schüttelt einige Tabletten in die Handfläche. „Das ist ja seltsam.“

„Was ist los?“, fragt Terry.

„Zwei Milligramm, wie auf dem Etikett vermerkt, ist eine Einstiegsdosierung.“ Sie betrachtet die Tabletten eingehender. „Aber ich bin mir ziemlich sicher, dass diese Tabletten zehn Milligramm pro Stück enthalten.“

„Die fünffache Dosis?“ Terry macht große Augen.

„Wie gefährlich ist das?“, frage ich.

„Eine plötzliche Steigerung der Dosis hat, im Grunde bei jeder Medikation, schwerwiegende Folgen. Vor allem, falls der einnehmenden Person das nicht bewusst war, wie es den Anschein hat."

Das haut mich um. Die Selbstmordthese steht damit auf noch wackligeren Füßen. Für mich steht fest, dass Norah nicht wusste, dass sie, anstatt der bekannten, die fünffache Dosis ihres Schlafmittels einnahm. Nach mehrfachem Schlucken kann ich den Kloß in meinen Hals so weit lösen, dass ich sprechen kann. „Norah wurden die falschen Tabletten ausgegeben?"

„Das kann eigentlich nur in der ausgebenden Apotheke erfolgt sein." Terry klingt nachdenklich.

„Nicht unbedingt", wende ich ein. „Den Austausch hätte man auch später vornehmen können."

„Dafür müsste aber schon jemand in Norahs Wohnung gewesen sein und ungestört ihr Schlafzimmer betreten haben."

Kaum hat Terry das ausgesprochen, sagen wir aus einem Mund: „Tamy."

Normalerweise sorgt eine solche Situation für einen Lacher, aber das Lachen ist uns gründlich vergangen.

„Ich kann mal ein bisschen herumtelefonieren", bietet Mrs Norch an. „Vielleicht kann ich in Erfahrung bringen, welche Apotheke das ausgegeben hat."

„Das wäre super!", sagt Terry.

„Wie könnte Tamy unbemerkt Zugriff auf Norahs Medikamentenschublade bekommen haben?"

„Keine Ahnung." Terry zuckt mit den Schultern.

Mrs Norch hält mir die Medikamentendose hin. „Was soll ich damit machen?"

Ich schaue zu Terry.

Die streckt die Hand aus. „Die nehme ich wieder."

Mrs Norch zögert einen Moment, dann gibt sie das Diazepam in Terrys Hände.

Wir verabschieden uns, und als wir auf der Straße sind, frage ich Terry: „Warum hast du die Pillen wiederhaben wollen?"

„Ist nur so eine Ahnung." Terry bemerkt meinen Blick und hebt beschwichtigend die Hände. „Keine Sorge, ich habe nichts geplant und halte mich weiterhin daran, nichts mehr irgendwo reinzumischen. Aber wir haben keine Ahnung, wohin uns die Sache führen wird, und außerdem ist das etwas, das Bruce mit Sicherheit interessieren wird."

„Daran habe ich überhaupt nicht gedacht." Ich muss zugeben, dass Terry deutlich besonnener und bedachter handelt als ich. Die vertauschten Pillen taugen wahrscheinlich nicht mehr als Beweis, immerhin haben wir sie vom Tatort entfernt, aber dennoch ist es ein wichtiger Hinweis. „Soll ich die Bruce etwa mit dem Buch überreichen?"

„Das wäre wohl etwas zu viel des Guten. Aber vielleicht ergibt sich eine Möglichkeit. Wie wäre es denn, wenn du ihm das Buch schon bald bringst?"

Schon beim Gedanken daran, brodelt die Aufregung in mir. „Mit bald meinst du?"

„Morgen."

„Morgen?"

„Morgen. Was du heute kannst besorgen." Terry grinst. „Oder in dem Falle sage ich lieber, wem du es heute kannst besorgen."

Ich rempele sie an. „Du bist unmöglich."

„Bestanden da Zweifel?"

„Nicht wirklich.“ Mir kommt ein Gedanke. „Schaffen wir es heute noch, das gesamte Buch zu lesen?“

„Lass uns die Seiten abfotografieren. Dann können wir es in den nächsten Tagen in Ruhe durchgehen und wissen, dass auch Bruce an der Sache dran ist.“ Sie bleibt stehen, und ich stoppe ebenfalls. Die Ernsthaftigkeit, mit der sie mich ansieht, lässt mich schaudern, ebenso ihre Worte: „Falls wir wirklich jemanden aufgeschreckt haben mit unseren Ermittlungen, sollte Bruce ein Auge auf uns haben. Ein weiteres Mal haben wir womöglich nicht so viel Glück wie vor ein paar Wochen in der Kirche.“

Den Rest des Weges schweigen wir. Den Gedanken an die Kirche, an Kratergesicht und Sullivan, habe ich in den letzten Wochen meist verdrängt. Vor allem, wie knapp wir den beiden entkamen und was passiert wäre, hätten die uns in ihre Finger bekommen. In den zweifelhaften Genuss eines Vorgeschmacks kam ich ja bereits, als Kratergesichts schraubstockartiger Griff meine Schulter packte.

Sollte ich eine unbekannte Verfolgerin haben, wie ich vermute, stellt sich womöglich nicht mehr die Frage, ob, sondern allenfalls, wann eine ähnliche Situation auftreten wird. Und vor allem die, wozu diese Lady fähig ist.

Kapitel 21

Am nächsten Morgen stehe ich vor der Charing Cross Police Station, während mein Herz in meinen Ohren pocht. Ich bin aufgeregt, einerseits, weil ich Bruce treffe, andererseits befürchte ich, er glaubt mir nicht, dass ich das Buch erst vor zwei Tagen wiederentdeckt habe.

Ich wische meine schwitzigen Handflächen an der Hose ab und weiß, dass sie in Sekunden wieder feucht sein werden. Ob Bruce nasse Handflächen entsprechend einzuordnen weiß?

Als ich das Eingangsportal betrete, greift endlich die traumhafte Entrückung, in der ich mir selbst zusehe, wie ich mich bei der Dame hinter der Scheibe anmelde, anschließend auf den bekannten Wartesitzen Platz nehme.

Kaum hat mein Po die Sitzfläche berührt, biegt er um die Ecke, sieht umwerfend aus und schenkt mir ein Lächeln. „Mit dir habe ich nicht gerechnet."

Ich schlage den Blick nieder. Vor meinem geistigen Auge sehe ich eine Filmklappe schlagen und rufe mir selbst „Action" zu. „Es ist etwas Unerwartetes passiert." Sogleich ärgere ich mich über diese dämliche Eröffnung, mit der ich von meinem eigentlichen Skript abweiche. Andererseits bin ich froh, überhaupt etwas rauszubekommen, denn in meinem Kopf herrscht Leere.

„Dann komm mal mit." Bruce geht voraus, und ich bin froh, dass ich damit ein wenig Zeit gewinne, um meine Gedanken neu zu ordnen. „Willst du einen Kaffee?"

Ich nicke, obwohl ich keinen möchte. Die Aussicht, dadurch ein paar Minuten Aufschub zu bekommen, trifft die Entscheidung. Ich gehe erneut alles durch, wische meine Hände an meiner Jeans ab und verfluche mich dafür, dass ich nicht cooler bin.

„Dann bin ich gespannt", eröffnet Bruce das Gespräch, nachdem er mir eine Kaffeetasse hingestellt und hinter dem Schreibtisch auf seinen Stuhl gesunken ist.

Ich atme einmal durch. „Ich habe ein Notizbuch gefunden, das Norah gehört. Oder vielmehr wiedergefunden."

Bruce hebt die Brauen, bleibt aber stumm.

„Ich habe es erst jetzt wieder entdeckt. Norah hat es bei ihrem letzten Besuch im Café kurz vor ..." Ich schlucke und befürchte bereits, mir bräche gleich die Stimme. Der Moment zieht vorüber, und ich bin froh, fortfahren zu können. „Es war die ganze Zeit in meiner Handtasche, in die ich seitdem nicht mehr reingeschaut habe." Ich ziehe das Buch aus meiner Tasche und lege es auf den Schreibtisch. „Ich glaube, dass es eine Art Tagebuch ist und möglicherweise wichtige Informationen enthält."

„Darf ich?", fragt Bruce und streckt, auf mein Nicken, die Hand nach dem Buch aus. Er beginnt es durchzublättern. „Hast du es gelesen?"

„Nur einen Teil. Es hat mich ganz schön aufgewühlt.“ Die Erleichterung lässt mich aufatmen, denn Bruce scheint meine Schilderung nicht in Frage zu stellen.

„Das kann ich mir vorstellen.“ Bruce schenkt mir einen mitfühlenden Blick, und kurz hoffe ich, er würde meine Hand ergreifen oder sonst wie in Kontakt mit mir treten.

„Ich kann nicht glauben, dass es Selbstmord war“, fahre ich fort und folge einem Impuls aus meinem Bauch.

„Ich verspreche dir, dass ich das durcharbeiten werde.“ Bruce tippt auf das Buch. „Sollte es Hinweise geben, die einen Selbstmord zweifelhaft erscheinen lassen, gehe ich dem nach.“

„Okay.“ Am liebsten würde ich Bruce um den Hals fallen.

„Kann ich sonst noch etwas für dich tun?“

Ist da ein Unterton in der Frage? Augenblicklich bricht mir Hitze aus. Dieses Mal lasse ich die Chance nicht ungenutzt verstreichen, beschließe ich und erhebe mich. Ich habe Schwierigkeiten Bruce’ Blick zu deuten: Überraschung oder Erwartung?

Gerade als ich den ersten Schritt um den Schreibtisch herum machen will, wird die Tür aufgerissen, in der Lindsey, Bruce’ neue Kollegin, steht. „Sorry! Ich hätte wohl anklopfen sollen.“ Sie lacht, und ich erstarre. „Ach, Sie sind es. Linn, richtig?“

Ich nicke und suche den Boden nach einem Loch ab, in das ich springen kann.

Sie sieht Bruce an und sagt: „Wir wollten doch zusammen essen?“

„Natürlich. Es sei denn, Norah hat mir noch etwas zu sagen?“ Bruce sieht mich fragend an, und ich schüttele den Kopf. Ich wünsche mir nur noch, zu verschwinden.

„Okay.“ Ich sehe, wie Bruce Lindsey ansieht, die ihm ihr umwerfendes Lächeln schenkt, das Bruce prompt erwidert. Das Knistern zwischen den beiden ist für mich spürbar, und mir wird klar, dass ich zu spät komme. Falls es eine Gelegenheit für mich gab, bei Bruce zu landen, ist die vorüber, oder wurde vielmehr von einer anderen Frau beansprucht: Lindsey.

Ich murmele eine Verabschiedung, bevor ich mich an Lindsey vorbei zur Tür hinausdrücke. Mir ist zum Heulen zumute, aber ich zwinge mich, die Tränen zurückzuhalten. Es gelingt mir, bis ich die Straße erreiche. Dann fließen sie.

Kapitel 22

„Meinst du wirklich, dass es geht?“, flüstert Terry.

Ich nicke stumm. Die Vorstellung ist viel schlimmer, als im Café, das halb mit Gästen gefüllt ist, zu arbeiten.

„Okay.“ Terry spricht immer noch leise, wir haben uns in den Durchgang zur Backstube zurückgezogen, damit sie den Gastraum weiterhin im Blick hat. „Aber sobald es nicht mehr geht, gehst du nach Hause. Ist zwar blöd, das in so einem Moment zu sagen, aber du siehst echt fertig aus.“

„Es geht schon. Tut mir gut, unter Leuten zu sein.“

Terry entlässt mich nach hinten, und ich wasche mir am Waschbecken in der Backstube das Gesicht. Ich betrachte mich im Spiegel und muss Terry recht geben, ich sehe fertig aus. Ich krame Wimperntusche und Kajalstift aus meiner Handtasche. Ich schminke mich selten, habe das Zeug aber dennoch stets bei mir. Heute bin ich froh darüber, denn so kann ich ein wenig meine verheulten Augen kaschieren.

Wieder einmal entpuppt sich das Café als gute Ablenkung. Es dauert nicht lange, und ich versinke in der Arbeit und damit auch meine Gedankenspirale. Bis ich den Tisch nahe der Glasfront herrichte, die den Blick auf die Beak Street freigibt. Ich erstarre, als ich sie dort stehen sehe: Die Frau ist wieder da. Steht auf der anderen Straßenseite und glotzt mich an.

Als gäbe es einen Kurzschluss in meinem Kopf, lasse ich den Lappen auf den Tisch fallen, gehe zur Tür, reiße sie auf und renne raus. Ich höre, dass Terry mir irgendetwas hinterherruft, aber ich bin nicht bei mir. All die Frustration und Trauer über Norahs sinnlosen Tod, die Situation mit Bruce, lassen das Fass in mir überlaufen. Ich will keine Angst mehr haben vor einer seltsamen Stalkerin, sondern wissen, warum sie mir nachstellt.

Mit meiner Reaktion habe ich sie überrascht, denn sie macht auf dem Absatz kehrt und rennt ebenfalls los, weg von mir. Völlig von Sinnen, renne ich auf die Straße, höre das Hupen und Quietschen von Reifen, spüre eine Hand, die meine Schulter umfasst und mich zurückreißt. Gerade noch rechtzeitig, bevor ein Taxi an der Stelle zum Stehen kommt, an der ich mich vor Sekundenbruchteilen noch befand.

„Sag mal, bist du völlig wahnsinnig?" Terry schüttelt mit weit aufgerissenen Augen den Kopf. „Was um Himmelswillen ist denn bei Bruce los gewesen?"

Wieder muss ich heulen. Lege meinen Kopf an Terrys Schulter. Die streicht mir sanft übers Haar.

„Sorry, Süße. Ich wollte dich nicht anbrüllen. Es ist nur ... du rennst einfach auf die Straße. Ich dachte, das war's jetzt."

Terry bringt mich zurück ins Café. Als wir eintreten, sagt sie zu den irritiert dreinblickenden Gästen: „Meine Kollegin wollte eine Zechprellerin stellen, die vor ein paar Tagen einfach so hier rausgerannt ist, ohne zu zahlen." Sie sieht mich an. „Man sollte dennoch auf den Verkehr achten."

„Ganz schön mutig", sagt eine junge Frau, die mit einem älteren Mann an einem der Tische sitzt.

„Allerdings“, kommentiert ihr Begleiter.

Weitere derartige Bekundungen folgen, zwei Gäste beklatschen sogar meinen Einsatz. Dadurch wird mir bewusst, wie absurd die Situation ist und war, und ich muss lachen.

„So ist richtig.“ Terry drückt mich kurz und flüstert dann in mein Ohr: „Du gehst jetzt nach hinten, und ich kehre die Gäste raus. Dann reden wir.“

Ohne Widerworte gehe ich nach hinten, wasche zum zweiten Mal mein Gesicht und frage mich, was diese seltsame Frau von mir möchte. Zumindest glaube ich nicht mehr, dass sie mir etwas antun will, sonst wäre sie doch nicht von mir weggelaufen? Andererseits, wie kann ich mir da sicher sein? Immerhin habe ich sie mit meiner Aktion überrascht, wer weiß, wie es ansonsten ausgegangen wäre?

Es dauert nicht lange, und Terry betritt die Backstube.

„Das ging schnell.“

Terry lächelt verschwörerisch. „Die meisten hatten Verständnis für deine beherzte Aktion. Sie fanden deinen Einsatz sogar löblich. Kopflos, aber nachvollziehbar. Als ich dann gesagt habe, dass ich mich um dich kümmern muss, traf das ebenfalls auf Zustimmung.“ Terrys Augen verengen sich. „So, und jetzt will ich endlich wissen, was mit dir los ist.“ Terry zieht die Schürze über den Kopf und hängt sie an den Haken in der Wand.

„Bruce will das Buch nach Hinweisen durchsuchen, dass es womöglich kein Selbstmord war.“

„Siehst du.“

„Bin mir nur nicht sicher, ob das Buch etwas daran ändern wird.“

„Wieso?“

„Was ich bisher gelesen habe, festigt das Bild, dass Norah zumindest mit trüben Gedanken zu kämpfen hatte. Ob man da bereits von einer Depression sprechen kann, weiß ich nicht.“

„Und du meinst, dass dann ein Selbstmord eher in Frage kommt?“

„Ich unterstelle keine böse Absicht, besonders nicht Bruce, aber wir wissen, dass Zeit und Geld fehlen, um jeden Fall gründlich aufzuklären und die vermeintlich einfachste Erklärung wird dann gerne als richtig angenommen.“

Terry tippt sich mit dem Finger ans Kinn und wiegt den Kopf. „Okay, dann ist es umso wichtiger, dass wir nicht aufgeben und ebenfalls das Buch oder vielmehr die Fotos von den Seiten genau durchgehen.“ Terry zieht das Handy aus der Tasche. „Ist womöglich einfacher, die Fotos am PC durchzusehen. Außerdem fehlt mir der Teil deiner Geschichte, der vom Zusammentreffen mit Bruce erzählt.“

Ich seufze. „Ich denke, die Geschichte ist auserzählt.“

Terry legt den Kopf schief. „Wie kommst du darauf?“

„Lindsey.“

„Seine neue Kollegin, die mit ihm hier war?“

„Genau die.“

„Linny, jetzt lass dir doch nicht alles aus der Nase ziehen!“

„Ich glaube nicht, dass die beiden zusammen sind. Oder vielmehr noch nicht.“

„Und warum benimmst du dich dann so, als würdest du es glauben?“

„Es ist die Art, wie sie sich anschauen. Diese Spannung, die in der Luft liegt, wenn zwei Menschen aufeinander fliegen. Du weißt, was ich meine?“

Terry presst die Lippen aufeinander. „Leider ja. Und leider hatte ich den Eindruck ebenfalls, als Bruce und Lindsey im Café waren, wollte aber nichts herbeirufen.“

„Das musst du auch nicht. Ist doch völlig klar, wenn ich mir Lindsey anschaue und dann mich. Da habe ich keine Chance.“

Terry legt den Arm um mich. „Hey! Jetzt mach dich nicht kleiner, als du bist.“

„Es ist lieb, dass du mich trösten willst, aber ich bin da realistisch. Die zwei arbeiten tagtäglich zusammen, und Lindsey ist ausgesprochen hübsch und charmant. Sie geben ein tolles Paar ab. Ich habe nie zu Bruce gepasst.“

Terry ist klug genug, sich weitere Aufmunterungsparolen, die ich ihr in dieser Situation ohnehin nicht abnehmen würde, zu verkneifen und drückt mich stattdessen an sich. Sekunden verstreichen, dann sagt sie: „Sollen wir das Thema erst mal zur Seite schieben, heimgehen, etwas essen und dann Norahs Aufzeichnungen durchsehen?“

„Einverstanden.“

Kapitel 23

„Da kommt es schon wieder.“ Ich kneife die Augen zusammen. „Es tut mir leid, dass ich euch nicht helfen konnte.“

„Wenn ich ehrlich bin, liest sich das, wie das gesamte Buch, wie ein Abschiedsbrief. Vielleicht ist es doch an der Zeit, dass wir uns eingestehen, dass es Selbstmord war?“ Terry seufzt.

Plötzlich habe ich einen Einfall. „Notier bitte mal die Daten, an denen Norah diesen Eintrag vorgenommen hat.“ Ich diktiere Terry die Daten. „Und jetzt lass uns mal schauen, welche Wochentage das waren.“

„Freitag. Jeden Freitag.“

Mir läuft es kalt den Rücken runter, als ich sage. „Norah ist an einem Freitagabend gestorben.“

„Das kann kein Zufall sein.“

„Wenn Norah jeden Freitag von einer Erinnerung heimgesucht wurde, die sie quälte, und daraufhin diesen Text in das Buch schrieb, wollte sie das auch am Tag ihres Todes tun, hatte aber das Buch nicht.“

„Was für deine Theorie spricht, dass es sich nicht um einen Abschiedsbrief handelt.“ Terry kratzt sich am Kinn.

„Irgendetwas Dramatisches muss sich an einem Freitag ereignet haben. Etwas, dass Norah sich nicht verzeihen konnte. Was kann das gewesen sein?“

Terry zuckt mit den Schultern. „Lass uns weiter lesen. Ich denke, das ist momentan das Sinnvollste, was wir machen können, um in der Sache voranzukommen."

Leider finden sich keine näheren Informationen zu dem, was Norah jeden Freitag beschäftigte, dafür werden ihre Schilderungen trüber, je weiter die voranschreiten. „Ich verstehe nicht, dass niemandem etwas aufgefallen ist. Es muss doch nach den Mitarbeitern geschaut werden, vor allem dann, wenn die tagtäglich mit schweren Fällen zu tun haben."

Terry schiebt die Unterlippe vor. „Sollte man meinen, ja. Ist aber leider meist nicht so. Gerade in den Jobs, in denen es darum geht, anderen Menschen zu helfen, bleiben die Mitarbeiter meist auf der Strecke. Schwestern, Ärzte, Pflegekräfte können ein Lied davon singen. Nicht umsonst sind in diesen Berufsgruppen Abhängigkeitserkrankungen und Suizidraten höher als in anderen."

„Eine ganz schön bittere Ironie."

„Allerdings. Du erinnerst dich bestimmt an mein Pflegepraktikum im Pharmaziestudium?"

Ich nicke.

"Da war Unzufriedenheit an der Tagesordnung. Aber das laut auszusprechen oder sich Hilfe zu suchen, wenn es belastende Situationen gab, galt fast schon als Fauxpas."

„Als dürfe man keine Schwäche zeigen", fasse ich den Eindruck zusammen, den ich aus Norahs Schilderungen erhalte. Ich möchte nicht über ihren Arbeitgeber richten, wahrscheinlich hätte man sich ihrer Probleme angenommen, wäre sie bereit gewesen, diese mitzuteilen. Traurig ist, dass sie es nicht wagte, sie sich anderen gegenüber zu öffnen und dadurch tiefer und tiefer in eine Spirale aus seelischen Abgründen hineinrutschte. So war es ihr nicht mehr gelungen, sich wegen ihrer eigenen, ohnehin schon melancholischen Psyche, wieder aus diesem Strudel emporzukämpfen.

Terry klickt weiter, und der Bildschirm zeigt das Foto mit der Notiz, die ich für einen Hinweis auf das Auffliegen von Andrews und Norahs Liaison gewertet habe. „Wusste Norah, dass Andrew eine Freundin hatte?", fragt Terry.

„Klar", entgegne ich.

„Lass mal diese Notiz außen vor, von der wir nicht wissen, was genau sie bedeutet. So, wie du Norah schilderst, passt das für mich nicht. Es ist ein Unterschied, ob man weiß, dass jemand in festen Händen ist."

„Stimmt." Mir wird klar, dass ich mich so an dieser Idee festgeklammert habe, dass ich mir keine Gedanken darüber gemacht habe. „Ich hätte Norah auch so eingeschätzt, dass sie die Beziehung zu Andrew beendet hätte, wenn sie von seiner Freundin gewusst hätte. Aber womöglich hat sie das, und Tamy wollte ihr dennoch einen reinwürgen? Oder sie dachte, die Sache läuft noch?"

„Hm." Terry bringt ihr Gesicht näher an den Bildschirm. „Die Art, wie der Name notiert wurde. Der Vorname nicht, dafür der Nachname ausgeschrieben und dann der Installateur, das wirkt wie ein Geschäftskontakt, den sie notiert hat und der womöglich nichts mit dem Rest auf der Seite zu tun hat."

Ich lese den übrigen Text, der von einer einsamen, älteren Lady handelt, die Norah regelmäßig anrief, um die eigene Stimme zu hören, wie sie sagte.

„Stell dir vor, du erfährst etwas, was du dir merken willst und greifst nach der nächstbesten Notizmöglichkeit."

Ich nicke. „Kann gut sein."

„Morgen fahren wir bei dieser Gas-Wasser-Installationsfirma vorbei und schauen, ob wir T. Richards ausfindig machen können." Terry klickt weiter.

Ich gähne. Trotz der aufregenden Neuigkeiten und der vielen Spuren, denen wir nachgehen müssen, legt sich die Müdigkeit bleiern auf mich.

„Du musst ins Bett", kommentiert Terry. „Und ich ebenfalls. War ein langer Tag, und wir haben morgen einiges vor."

Kapitel 24

„Ich kann den Seuchendienst möglicherweise zurückpfeifen. Aber Sie müssen mir jetzt alles erzählen."

Ich werfe Terry einen irritierten Blick zu, als ich am nächsten Morgen die Küche betrete. Sie nimmt das Handy vom Ohr, schaltet auf Lautsprecher und flüstert: „Andrew."

„Klar, das mache ich", tönt es aus dem Telefon.

„Unseren Informationen nach verkehrten Sie nicht nur mit Norah Gibb, sondern außerdem mit einer Tamy."

„Öh. Ja?"

„Ich brauche Nachnamen und Adresse der Dame."

„Waters. Tamy Waters. Die Adresse ... einen Moment." Andrew gibt die Anschrift durch, die ich notiere.

„Noch eine Frage. Wusste Tamy, dass Sie sie mit Norah betrügen?"

„Warum interessiert Sie das?"

„Es gibt Anzeichen, dass sich die Ansteckungsgefahr bei Eifersucht erhöht."

„Echt jetzt?"

„Echt jetzt. Hat wohl mit der Durchblutung zu tun und würde den Rahmen dieses Gesprächs sprengen, das zu erklären. Also?"

„Nein. Sie wusste nicht davon. Ich habe von Norah ohnehin seit einiger Zeit nichts mehr gehört."

„Und wusste Norah von Tamy?"

„Nein."

„Gut. Ich versuche, den Seuchendienst zu erreichen, kann aber nichts versprechen. Sollten sie auftauchen, ist es am besten, Sie kooperieren. Auch bei der rektalen Untersuchung."

„Rek-was?"

„Sie wissen schon. Finger in den Po, Mexiko. Einen schönen Tag noch." Terry trennt die Verbindung, schlägt die Hand vor den Mund und macht große Augen. „Bin ich ein böses Mädchen?"

Ich grinse. „Allerdings und ich glaube, Andrew hat jetzt genug."

„Was meinst du? Glauben wir ihm, oder sollen wir diese Tamy Waters aufsuchen und befragen?"

Ich schüttele den Kopf. „Ich habe nicht den Eindruck, dass er gelogen hat. Außerdem passt der Name nicht zum Eintrag in Norahs Buch. Wir sollten zunächst T. Richards ausfindig machen."

„Sehe ich auch so und habe das auch schon recherchiert." Sie ruft die Karten-App auf ihrem Smartphone auf. „Der Gas-Wasser-Installationsbetrieb, den Norah notiert hat, ist in Camden in der Delancey Street."

Ich schaue auf die Uhr. „Schaffen wir das noch?"

„Wir können am Café vorbei und ein Schild ins Fenster hängen, dass wir heute später öffnen", schlägt Terry vor. Sie bemerkt mein Zögern und sagt: „Es ist wichtiger, das jetzt zu klären."

„Stimmt."

Wir brechen auf und steigen nach kurzem Zwischenstopp am Café in die Tube, die uns bis Camden High

Street bringt, von wo wir den Rest des Weges zu Fuß zurücklegen.

Wilston and Son, der Installationsbetrieb, ist im Erdgeschoss eines unscheinbaren Hauses untergebracht. Hinter einer Theke, die den Bürobereich vom Vorraum abtrennt, sitzt eine Dame. „Kann ich Ihnen helfen?“, fragt sie freundlich.

„Das hoffen wir“, beginnt Terry. „Arbeitet bei Ihnen ein T. Richards?“

Augenblicklich verdüstert sich der positive Gesichtsausdruck der Lady. „Wer möchte das wissen?“ Auch der Tonfall erscheint nun scharf.

„Eine Bekannte von uns, Norah Gibb ...“, weiter komme ich nicht, denn kaum habe ich diesen Namen ausgesprochen, springt die Dame auf und deutet angriffslustig mit dem Finger auf mich.

„Habe ich nicht gesagt, dass das aufhören muss?“, zischt sie. „Hat sie Sie geschickt? Hat sich wohl nicht mehr selbst hergetraut, nachdem ich ihr klar gemacht habe, dass es Konsequenzen hat, wenn sie weiterhin Unwahrheiten verbreitet.“

Terry hebt beschwichtigend die Hände. „Sorry. Ich glaube, Sie missverstehen das. Wir sind nicht hier, um Ärger zu machen.“

Der wütende Blick der Frau lässt von mir ab und trifft Terry.

Da ich nicht den Eindruck habe, dass sie sich beruhigt, versuche ich es anders. „Sie ist tot. Norah Gibb.“

Die Dame sieht wieder mich an, und der Ärger in ihren Augen weicht Fassungslosigkeit. „Was?“

„Selbstmord“, entgegnet Terry.

„Vermutlich“, füge ich hinzu.

„Mein Gott." Die Hände der Frau umklammern die Kante des Tresens.

„Sie waren bei ihr, in ihrer Wohnung, vor wenigen Tagen?", frage ich.

Sie nickt. „Ja, das stimmt. Aber ich wollte doch nicht ..." Sie kaut auf ihrer Unterlippe.

„Wieso waren Sie bei ihr?" Ich sehe ihr in die Augen. „Es würde uns sehr helfen, zu verstehen, was mit ihr geschehen ist, wenn Sie uns das mitteilen."

„Eine traurige Geschichte", beginnt die Lady und streicht sich eine Haarsträhne hinter das Ohr. „Ein Stück weit konnte ich Miss Gibb sogar verstehen, aber dann wurde es einfach zu viel." Sie räuspert sich. „Sorry, ich muss das erst mal verarbeiten."

„Nehmen Sie sich alle Zeit, die Sie brauchen." Ich lächele sie an.

„Vor einem Jahr starben Miss Gibbs Eltern bei einem Unfall. Kohlenmonoxidvergiftung."

„Wie kam es dazu?", fragt Terry.

„Das ist das besonders Tragische. Es handelte sich um die Fehlfunktion einer Gastherme, die in der Wohnung installiert war, um das Leitungswasser zu erhitzen."

So langsam dämmert mir, worauf das hinausläuft. „Diese Therme wurde von Ihrem Betrieb installiert?"

„Nein. Es war ein bereits älteres Modell, das aber von uns einige Monate zuvor gewartet wurde. Es gab eine Untersuchung, die klar belegte, dass dem Installateur, der die Wartung vornahm, kein Fehler unterlief."

„Wie kam es dann zu dem Unfall?", fragt Terry.

Die Dame zuckt mit den Schultern. „Eine Fehlfunktion, technisches Versagen. Etwas, das sich trotz aller Sorgfalt nie einhundertprozentig ausschließen lässt.

Und dann hatten ihre Eltern auch noch die Batterien im Kohlenmonoxiddetektor nicht gewechselt. Doch Miss Gibb wollte das nicht akzeptieren. Wie ich schon sagte, ich konnte und kann es ein Stück weit verstehen, es ist furchtbar und in dieser Abfolge der Ereignisse schwer hinnehmbar. Sie wollte, dass die Polizei den Fall wieder aufrollte, als die ablehnte, meldete sie sich bei uns und wollte ein Schuldeingeständnis. Ich habe mehrfach mit ihr gesprochen, telefonisch und persönlich. Jedes Mal, wenn ich dachte, wir hätten die Sache klären können, meldete sie sich nach einigen Wochen erneut mit einer vermeintlich belastenden Information. Der Installateur, der die Wartung durchführte, machte sich trotz des Ergebnisses der Untersuchung schwere Vorwürfe, weshalb ich nicht wollte, dass Miss Gibb seinen Namen erfuhr. Doch vor ein paar Wochen hatte sie den selbst herausgefunden, wie, weiß ich nicht. Sie fand sogar Terences Adresse heraus und konfrontierte ihn persönlich. Das vergrößerte Terences Schuldgefühle umso mehr, brachte ihn auf die absurde Idee, seine Schuld einzugestehen."

„Und da gab es wirklich nichts einzugestehen?", fragt Terry.

Augenblicklich kehrt das wütende Funkeln in die Augen der Frau zurück, als sie Terry ansieht. „Hören Sie, das habe ich auch Miss Gibb gesagt, als ich sie aufsuchte. Es ist ein furchtbarer und tragischer Fall, aber Terence trifft keine Schuld. Er ist ein gewissenhafter Mitarbeiter, und es ist niemandem damit gedient, dass er etwas eingesteht, was er nicht getan hat. Glauben Sie allen Ernstes, unser Betrieb würde seit Jahrzehnten bestehen, wenn wir derart schlampig arbeiten würden? Unsere Kunden in Gefahr brächten?"

„Wir glauben Ihnen. Was Sie sagen erscheint absolut logisch", sage ich, dann fällt mir etwas ein. „Wissen Sie, ob es ein Freitag war? Der Tag, an dem sich der Unfall ereignete?"

„Das weiß ich nicht genau. Aber falls das für Sie wichtig ist, die Times brachte einen Artikel darüber."

„Danke, dass Sie uns davon erzählt haben, das hilft uns weiter." Wir verabschieden uns und machen uns auf den Weg.

Als das Café in Sichtweite gelangt, bleibe ich wie angewurzelt stehen.

„Was ist los?", fragt Terry.

„Das ist sie", stoße ich hervor. Mit tauben Fingern deute ich in Richtung Café und auf die Frau, die davor steht und uns noch nicht bemerkt hat.

„Sehr gut. Dann ist wenigstens ein Rätsel gleich gelöst." Mit diesen Worten wechselt Terry die Straßenseite, und ich folge ihr mit etwas Abstand.

Die Frau dreht sich um, sieht uns nahen, und ich fürchte, dass sie erneut die Flucht ergreift. Doch sie bleibt, wo sie ist. „Sie müssen mich für völlig durchgeknallt halten", empfängt sie uns.

Nach der nicht erfolgten Flucht hat sie es damit ein zweites Mal geschafft, mich zu überraschen. Ich bin daher froh, dass Terry das Wort ergreift: „Sie haben meiner Freundin einen ganz schönen Schrecken eingejagt."

„Das tut mir aufrichtig leid. Es war nicht meine Absicht."

„Was ist dann Ihre Absicht?“ Ich bin froh, meine Sprache wiedergefunden zu haben.

Die Frau schaut sich um, als würde sie verfolgt, was unheimlich ist. „Können wir drinnen reden?“

Terry sieht mich fragend an, und ich nicke. Ich will endlich wissen, wer diese Lady ist, und warum sie mich verfolgt.

Terry schließt die Tür hinter uns ab, bemerkt den irritierten Blick der Frau und kommentiert: „Damit wir ungestört bleiben. Die meisten schreien zu laut, wenn wir sie lebendig ausweiden.“

Der ängstliche Blick der Dame geht zur Tür, und ich vermute, dass der Fluchtreflex zurückgekehrt ist. „Keine Sorge“, sage ich. „Meine Freundin hat nur einen sehr schwarzen Humor.“

Die Gesichtszüge der Lady entspannen sich, sie versucht sogar zu lächeln, was ihr nur halbwegs gelingt. „Sorry. Ich bin so angespannt.“

„Wir sollten uns setzen.“ Ich deute auf die Hocker vorm Tresen. „Möchten Sie einen Kaffee, Tee, Wasser?“ Es kann zwar sein, dass ich in wenigen Minuten, nachdem ich die Absichten der Frau erfahren habe, entscheide, ihr nichts mehr anbieten zu wollen, aber noch will ich höflich sein und vor allem die Situation entspannen. Zumindest ein wenig.

„Gerne einen Kaffee“, entgegnet die Lady, die auf einem der Hocker Platz nimmt, während ich mich zur Maschine begebe.

Terry bleibt ihr gegenüber, auf der anderen Seite der Theke, stehen. „Klären wir zunächst das Wichtigste. Wer sind Sie, und was wollen Sie von meiner Freundin?“

Ich kämpfe den Impuls nieder, Terrys ruppige Aussage abzumildern. Es ist überfällig, diese Punkte zu klären.

„Natürlich. Mein Name ist Abbey. Abbey Gordon." Sie räuspert sich und sieht dann mich an. „Ich möchte mich noch mal bei Ihnen entschuldigen. Ich habe mich bescheuert verhalten, aber irgendwie ..." Sie schnaubt und schüttelt den Kopf.

Ich stelle den Kaffee vor ihr ab und sage freundlich: „Fangen Sie einfach von vorne an."

Abbey nickt dankbar. „Ich habe Sie beobachtet, wie Sie in der Theed Street in Norahs Wohnung waren, deshalb dachte ich, dass Sie sie besser kennen und vielleicht wissen, was sich wirklich ereignet hat."

„Sie haben Norahs Wohnung beobachtet?", fragt Terry.

Abbey stößt ein unsicheres Lachen aus. „Nein, so durchgeknallt bin ich auch wieder nicht. Aber meine Granny, die ich regelmäßig besuche, wohnt in der Gegend, und auf dem Weg komme ich an Norahs Wohnung vorbei."

„Woher kennen Sie Norah?", frage ich.

„Wir sind Kollegen."

„Sie arbeiten ebenfalls bei der Telefonseelsorge?"

„So ist es."

„Wie gut kannten Sie Norah?", fragt Terry.

Abbey runzelt die Stirn. „Nicht besonders gut. Die meisten von uns arbeiten von zu Hause aus. Wenn wir Dienst haben, werden die eingehenden Anrufe auf unseren Privatanschluss umgeleitet. Die wenigsten sind in den Büroräumen, um dort zu telefonieren."

„Galt das auch für Norah?", frage ich.

„Zumindest in den letzten Monaten, ja."

„Seit sie fest angestellt wurde?" Ich stelle meine eigene Kaffeetasse auf den Tresen und nehme dann einen Schluck.

„Das weiß ich nicht. Ich bin eine ehrenamtliche Mitarbeiterin und deshalb nicht regelmäßig dort. Norah habe ich zum ersten Mal vor einem Jahr kennengelernt. Wir sind uns damals im Büro über den Weg gelaufen. Ich denke, wir mochten uns."

„Befreundet waren Sie nicht?", frage ich und füge dann hinzu: „Sollen wir nicht du sagen? Ich bin Linn, das ist Terry."

„Gerne. Und, nein. Freundinnen waren wir nicht. Da war etwas, das Norah stets umgab. Sie von der Welt um sie herum abschirmte. Hört sich schräg an, oder?"

„Überhaupt nicht", entgegne ich. „Ich teile das Gefühl."

„Warst du mit ihr befreundet?"

„Nein. Wir haben uns nur wenige Male gesehen, und die Zeit war zu kurz. Aber dieses Gefühl, dass Norah durch etwas abgehalten wurde, sich wirklich zu öffnen, hatte ich ebenfalls."

„Das hört sich jetzt bestimmt schlimm an, aber das erleichtert mich."

Ohne groß darüber nachzudenken, ergreife ich Abbeys Hand, die neben ihrer Kaffeetasse auf dem Tresen liegt und drücke sie kurz. Eine Geste, die mehr sagt als Worte. Denn mir geht es genauso. Es ist, als könnten wir die Schuld, die uns beide niederdrückt, dass wir Norah nicht helfen konnten, aufteilen.

Abbey lächelt mich dankbar an, dann fährt sie fort: „Ich muss ehrlich zugeben, dass sich unser Kontakt verlor, nachdem sie von zu Hause aus arbeitete. Aber dann passierte etwas." Ihr Blick geht in die Ferne, und ihr ist anzumerken, dass sie mit den Tränen kämpft. „Warum habe ich nicht auf mein Gefühl gehört? Ich hätte mit Norah reden sollen. So oft bin ich bei ihr vorbeigelaufen, aber etwas hat mich stets davon abgehalten, bei ihr zu schellen."

„Diese Frage stelle ich mir auch." Ich suche Abbeys Blick. „Aber, weißt du? Im Nachhinein ist es einfach oder zumindest einfacher, gute Ratschläge zu geben. Auch sich selbst."

„Wir kennen uns nicht", schaltet sich Terry ein. „Aber ich weiß, welche Vorwürfe Linn sich seitdem macht. Und ich habe den Eindruck, dass du ähnlich gestrickt bist. Aber Linn hat recht, es hilft nichts, sich im Nachhinein Vorwürfe zu machen. In der Situation hat es Gründe gegeben, die dich abgehalten haben. Dafür darfst du dich nicht verurteilen."

„Wahrscheinlich habt ihr recht." Abbey wirkt nicht mehr, als würde sie jeden Augenblick in Tränen ausbrechen.

„Wir wollen herausfinden, was wirklich passiert ist. Wir glauben nicht, dass es Selbstmord war." Ich hoffe, damit die Emotionalität, die den Raum jeden Augenblick erneut fluten kann, etwas zurückzudrängen, um mehr von Abbey zu erfahren. Ich bin mir sicher, dass sie Informationen beisteuern kann, die ungemein wichtig sind.

„Das habe ich gehofft. Ich glaube das nämlich auch nicht. Besonders nicht, nachdem diese Frau im Büro war."

„Frau?"

„Das war vor zwei Wochen. An dem Tag war ich im Büro, gerade in unserer Teeküche, um mir einen Kaffee zu holen. Da sah ich sie über den Flur stürmen. Sie stürzte ins Büro unserer Chefin, Alison Green, völlig aufgebracht, und ich hörte, wie sie sie anbrüllte, dass sie diese Norah Gibb sprechen müsse."

„Was sie von Norah wollte, weißt du nicht?", fragt Terry.

„Leider nein. Aber sie war geladen, das kann ich euch sagen."

„Kommt das öfters vor? Dass jemand zu euch ins Büro kommt?" Ich stehe auf, um Abbey einen weiteren Kaffee zu zubereiten.

„Nein. Wir sind zu absoluter Verschwiegenheit verpflichtet. Weder wissen unsere Anrufer, wer wir sind, noch kennen wir die Identität der Anrufer."

„Wie kam die Dame dann auf Norah?" Ich kehre mit der Tasse zurück, die ich Abbey reiche.

„Und was brachte sie auf?" Terry kratzt sich am Hinterkopf, wendet sich dann an Abbey: „Würdest du sie wiedererkennen?"

„Ich denke schon."

„Wir müssen das Buch noch einmal durchgehen", sage ich zu Terry.

„Buch?" Abbey sieht mich fragend an.

„Das hat Norah bei ihrem letzten Besuch hier im Café liegen gelassen", entgegne ich.

„Eine Art Tagebuch?", fragt Abbey.

„Könnte man sagen.“ Terry sieht auf die Uhr, dann zur Tür. „Ich denke, wir müssen langsam öffnen.“

Ich folge Terrys Blick und erkenne, dass sich bereits vier Personen vor der Tür postiert haben. Normalerweise sollte mich das begeistern, aber heute würde ich mich am liebsten weiter mit Abbey austauschen. „Terry hat recht. Wir müssen unser Gespräch unterbrechen, aber was hältst du davon, heute Abend zu uns nach Hause zu kommen? Dann können wir gemeinsam im Buch nach weiteren Hinweisen suchen.“

„Gerne.“ Abbey ist die Erleichterung anzumerken, die Trauer und Schuld durch Aufklärungsarbeit in Norahs Fall zu lindern. Ein Gefühl, das ich teile. Ich notiere ihr unsere Adresse und begleite sie zur Tür.

Bevor ich aufschließe, sagt sie: „Sorry noch mal für die stalkermäßige Annäherung. Da war so viel Durcheinander in meinem Kopf, dass ich nicht mehr rational denken konnte.“

Ich mache eine wegwerfende Handbewegung. „Mach dir deswegen keinen Kopf. Gut, dass du den Kontakt zu uns gesucht hast. Jede für sich wäre nicht weitergekommen, aber gemeinsam sehe ich gute Chancen, dass wir den Fall lösen können.“

Abbey nickt, und erneut künden ihre glasigen Augen von nahenden Tränen.

„Das bringt sie nicht zurück, aber so können wir zumindest für Gerechtigkeit sorgen“, sage ich. Ich drücke Abbey kurz an mich, und sie erwidert die Umarmung.

Nachdem ich die Tür aufgeschlossen und geöffnet habe, dreht sie sich noch einmal zu mir um. „Also, dann bis halb acht.“ Sie schlängelt sich durch die wartenden vier Personen, die ich anschließend ins Café lasse.

In mir herrschen widerstreitende Gefühle. Einerseits will ich Norahs Tod aufklären, andererseits habe ich Angst vor dem, was wir erfahren werden.

Kapitel 25

„Vielleicht hat sie den Fall nicht notiert?" Die Art, wie Abbey das Gesicht verzieht, verrät, dass ihre Frage rhetorisch ist.

„Einen Fall, der dazu führt, dass sich jemand beschwert? Schwer vorstellbar", spreche ich das aus, was wir alle denken.

Nachdem Abbey vorbeikam, sind wir gemeinsam Norahs Aufzeichnungen auf Terrys PC durchgegangen. Haben nach einer Frau gesucht, die in Norahs Schilderungen auftaucht. Aber es gibt keinen Anruf, der in besonderem Maße hervorsticht und insbesondere nicht im fraglichen Zeitraum.

„Darf ich mal?", frage ich Terry und übernehme auf ihr Nicken hin die Kontrolle über die Maus. „Ich bin mir immer noch sicher, dass es mit diesem Fall zu tun hat." Ich scrolle zu den letzten Seiten, die Terry abfotografiert hat. „Irgendetwas ist da passiert, etwas Schwerwiegendes. Die letzten Seiten drehen sich fast nur um diesen Mann."

„Duncan." Terry verschränkt die Hände hinter dem Kopf. „Vielleicht ist sie eine Angehörige dieses Duncan."

„Könnte sein“, entgegne ich. „Norah schreibt, dass sie sich ihm stärker verbunden fühlt als den anderen Anrufern, weil sie ein ähnliches Schicksal teilen, so dass sie einander sogar die richtigen Vornamen mitteilten.“

„Was sie später bereute“, ergänzt Terry.

„Was könnte das für ein Schicksal sein?“, fragt Abbey.

Ich überlege kurz. „Vielleicht hat es etwas mit dem Tod von Norahs Eltern zu tun? Womöglich verlor Duncan ebenfalls seine?“

„Das könnte sein.“ Abbey tippt sich mit dem Zeigefinger ans Kinn. „Wird nur schwer, herauszufinden, wer er ist. Ohne Nachnamen.“

„Duncan hat Norah angerufen, da er sich umbringen wollte. Zum ersten Mal vor vier Wochen. Danach hat er sie mehrfach angerufen, beziehungsweise nach ihr verlangt. Geht das?“, frage ich Abbey.

„Wir arbeiten zwar anonym, machen aber in der Regel ein paar Notizen zu den Menschen, mit denen wir gesprochen haben. Es ist nicht unüblich, dass Personen mit dem gleichen Mitarbeiter sprechen möchten, haben sie sich einmal geöffnet.“

„Kann ich verstehen.“ Ich scrolle über den Bildschirm. „Nach diesem ersten Gespräch hat Duncan an fünf darauffolgenden Tagen angerufen und mit Norah gesprochen. Sie schreibt zunächst, dass es gute Gespräche waren, dann enden ihre Aufzeichnungen mit dem letzten Eintrag, dass sie nicht mehr glaubt, das schaffen zu können und dass sie einen Fehler beging, Duncan ihren richtigen Namen mitzuteilen. Das muss ungefähr zu dem Zeitpunkt gewesen sein, als die Frau bei euch im Büro auftauchte. Glaubt ihr nicht auch, dass es da einen Zusammenhang geben muss?“

„Wobei ich leider zugeben muss, dass dieser letzte Eintrag sich so liest, als ..." Abbey führt den Satz nicht zu Ende. Muss sie auch nicht. Denn ich weiß, was sie denkt, und befürchte zudem, dass Bruce das genauso interpretiert. Auch ich kann nur schwer von der Hand weisen, dass gerade diese Zeilen zum Ende der Schilderungen einen Selbstmord Norahs wahrscheinlich erscheinen lassen.

Terry schnippt mit den Fingern. „Ich habe eine Idee. Darf ich mal?"

Ich gebe den Platz an Maus und Tastatur frei, und Terry öffnet im Browser ein Suchfenster, in das sie „Todesanzeigen London" eingibt.

„Gute Idee", sagt Abbey. Ich begreife, was Terry vorhat.

Wir klicken uns durch die Todesanzeigen von vor drei Wochen und verharren stumm bei einer: „Duncan Lincoln", liest Terry.

„Das könnte er sein." Meine Stimme klingt tonlos.

„Wenn sie sich doch umbrachte? Weil sie seinen Tod nicht verhindern konnte?" Abbey seufzt.

Ich muss zugeben, dass ich denselben Gedanken habe.

„Das würde die Sache mit der Medikamentendose nicht erklären", gibt Terry zu bedenken. „Die Art, wie Norah stirbt, wirkt für mich nach wie vor wie ein Unfall und kein Selbstmord."

„Außerdem müssen wir herausfinden, wie Duncan Lincoln umkam. Vielleicht war es gar kein Selbstmord, sondern ein Unfall oder eine Krankheit. Das würde ein anderes Licht darauf werfen." Ich rücke näher an den

Bildschirm heran und lese die Traueranzeige ein weiteres Mal. „Hier finden sich keine näheren Angaben."

„Ein Selbstmord ist immer noch ein Tabu. Das lässt sich höchstens zwischen den Zeilen herauslesen", gibt Abbey zu bedenken.

„Die Trauerfeier fand in der Kapelle des Margravine Cemetery statt. Somit wurde Duncan dort beigesetzt", sagt Terry.

„Ich weiß zwar nicht, ob wir dort etwas finden können, was uns weiterhilft, aber einen Versuch ist es wert." Ich sehe Abbey, dann Terry an, die beide zustimmend nicken.

„Das ist einer der Gründe, weshalb uns eingebläut wird, die Anonymität zu wahren." Abbey verschränkt die Arme vor der Brust. „Der Verdacht kommt schnell auf, dass wir einen Anrufer falsch beraten haben, wenn der zu Tode kommt."

„Aber letztlich steht das doch nicht in eurer Macht?" Erneut eine rhetorische Frage, die ich dennoch stellen muss.

„Natürlich nicht. Aber im konkreten Fall fällt es schwer, sich das klar zu machen. Sowohl seitens eines Angehörigen, als auch von uns selbst."

„Aber habt ihr dafür nicht jemanden, der euch unterstützt? Psychologen?", fragt Terry.

„Doch. Es gibt regelmäßige Team-Meetings und Termine bei einem Psychologen." Abbey schluckt. „Natürlich müssen die auch erfahren, was in einem vorgeht."

„Ich weiß nicht, warum sie das nicht getan hat", sage ich.

„Das werden wir wohl nie erfahren." Abbey seufzt erneut. „Es fällt schwer, das zu akzeptieren, aber ich glaube, dass ein wichtiger Punkt in Norah selbst lag. Aus irgendeinem Grund hatte sie Schwierigkeiten, sich selbst zu öffnen. Selbst die Hilfe, die für sie greifbar gewesen wäre, anzunehmen."

Abbeys letzte Aussage hängt in der Luft und scheint bei uns allen nachzuwirken. Es ist eine bittere Erkenntnis, die ich schon länger mit mir herumtrage, und mir wird klar, dass auch die Klärung des Falls sie nicht auflösen wird: Norah war in sich selbst gefangen, und es hätte mehr bedurft als ein paar Stücke Käsekuchen und ein Gesprächsangebot, um ihr die Hand reichen und sie herausführen zu können.

„Hast du morgen Abend Zeit?", fragt Terry Abbey.

„Das passt ja."

Ich bleibe stumm. Es ist nicht nur die Befürchtung, dass uns ein Besuch an Duncans Grab nicht weiterbringen wird, sondern auch die Furcht, in meiner momentanen Stimmung einen Friedhof zu betreten.

Kapitel 26

Ein weiterer Arbeitstag vergeht, an dem ich wie eine Roboterversion meiner selbst durch das Café stolpere. Zumindest gelingt mir das, ohne dass etwas zu Bruch geht, oder ich auf die Straße stürme, um nur knapp dem Überrolltwerden durch einen Wagen zu entgehen. Ich spüre, dass ich am Ende meiner mentalen Kräfte bin. Der Fall muss bald abgeschlossen sein. Dass die Trauer damit längst nicht vorüber ist, womöglich erst zu mir durchsickert, ist mir bewusst. Dennoch glaube ich, damit besser leben zu können als mit dieser Ungewissheit.

„Dann geht es los", sagt Terry, als wir das Café verlassen, nachdem wir notdürftig aufgeräumt haben. Mit Abbey haben wir vereinbart, uns direkt auf dem Friedhof zu treffen.

„Ich schreibe Abbey eine Nachricht, dass wir uns um ein paar Minuten verspäten." Ich ziehe mein Smartphone aus der Tasche und beginne zu tippen, während wir die Beak Street heruntergehen. Wir müssen zu Fuß bis Piccadilly Circus, um dort in die Tube zu steigen. „Irgendwie habe ich Schiss."

Terry sieht mich an. „Ich weiß, was du meinst. Aber womöglich finden wir etwas Entscheidendes heraus, daran solltest du vorrangig denken."

Wir erreichen den Bahnsteig und postieren uns in der Nähe der Wand, als die Tube einfährt.

Gut, dass heute ein sonniger Tag und der Margravine Cemetery ein unglaublich schönes Fleckchen Erde ist. Sein vereinzelt von Bäumen bestandenes Grün schmiegt sich wie eine Oase des Friedens zwischen die Häuser. Wäre ich derzeit nicht in zu hohem Maße von Tod und Trauer umgeben, könnte ich die Atmosphäre uneingeschränkt in mich aufnehmen. Aber auch so sorgen die zwitschernden Vögel in den Bäumen und die kleinen Kapellen, Statuen und moosbewachsenen Grabsteine dafür, dass sich mein brodelndes Inneres beruhigt.

Wir treffen Abbey vor dem Reception House, und ich glaube, in ihrem Gesicht ebenfalls Anspannung zu erkennen. „Jetzt müssen wir das Grab nur noch finden", spricht Abbey den Punkt aus, den wir nicht bedacht haben. Das Ablaufen aller Grabsteine würde den zeitlichen Rahmen sprengen.

„Am besten fragen wir den da." Kaum ausgesprochen, geht Terry auf einen Herrn in einem Arbeitsoverall zu, der dabei ist, Unkraut von einem der Gräber zu entfernen. „Sie können uns bestimmt weiterhelfen", eröffnet Terry das Gespräch.

Der Mann blinzelt uns gegen die Sonne an, erhebt sich dann und streift die Handschuhe von den Händen. „Das will ich gerne versuchen", entgegnet er.

„Wir sind auf der Suche nach dem Grab von Duncan Lincoln." Terry stemmt die Hände in die Hüften.

„Oh, das." Der Mann wischt sich mit dem Handrücken über die Stirn. „Sie sind Angehörige?"

„Cousinen. Zweiten Grades. Wir verbringen ein Auslandsemester in Australien und haben es leider nicht zur Beerdigung geschafft."

Wieder einmal bin ich beeindruckt, wie mühelos die Lüge Terrys Mund entschlüpft.

„Ich zeige es Ihnen." Der Mann setzt sich in Bewegung. „Schlimme Sache so etwas. Und dann auch noch bei einem jungen Menschen."

„Allerdings", entgegnet Terry, die hinter ihm läuft. Ich folge, Abbey bildet das Schlusslicht.

Der Herr bleibt vor einem Grab mit schlichtem, schwarzem Grabstein stehen, auf dem der Name des Verstorbenen in silbernen Metallbuchstaben sowie Geburts- und Sterbedatum vermerkt sind. Auf mich hat das eine seltsame Wirkung. Mir ist, als schrien die Buchstaben den Namen des Verstorbenen heraus, was mich unwillkürlich zusammenzucken lässt.

„Alles gut?", fragt mich Abbey, die ebenfalls nicht glücklich wirkt.

Der Mann möchte sich verabschieden und zu seiner Arbeit zurückkehren, doch Terry fragt: „Kennen Sie die Familie?"

Er runzelt die Stirn. Auch ich frage mich, was für eine seltsame Frage Terry gestellt hat. Worauf will sie hinaus?

„Das hat sich jetzt komisch angehört, sorry. Wir sind eben erst gelandet und leiden wohl noch unter dem Jetlag. Auch konnten wir bisher niemanden erreichen. Bevor wir abflogen, wurde uns aber gesagt, dass das Grab regelmäßig besucht wird?"

Ich wende mich und kneife die Augen zusammen, als erwarte ich eine Ohrfeige. Was redet Terry da? So sehr ich ansonsten ihre Eloquenz bewundere, ich habe keine Ahnung, was sie sich da zusammenstammelt.

„Duncans Schwester Olivia. Sie kommt jeden Tag“, entgegnet der Mann.

Ich lasse die Luft, die ich angehalten habe, entweichen. Erneut hat Terry das richtige Gespür gehabt und durch ihren kruden Kommentar die entscheidende Information entlockt.

„Olivia und ich, wissen Sie, wir hatten ein paar Meinungsverschiedenheiten. Ich möchte ihr aber dennoch unser Beileid bekunden. Und in der ganzen Aufregung haben wir unser Adressbuch vergessen, indem die Anschrift unserer Cousine vermerkt ist. Hätten Sie vielleicht ihre Adresse zur Hand? Das wäre ganz reizend.“

„Olivia ist nicht einfach.“ Der Mann grinst, als würden Terry und er tatsächlich über eine gemeinsame Bekannte sprechen. „Einen Moment.“ Er zieht sein Handy aus der Brusttasche seines Hemdes, dann diktiert er Terry die Adresse. „Wenn Sie mich dann nicht mehr brauchen?“

„Ganz herzlichen Dank, Sie waren uns eine große Hilfe“, gibt Terry zurück.

Anstandshalber verharren wir noch wenige Minuten vor dem Grab, bevor wir den Rückweg antreten. „Ich bin beeindruckt.“ Abbey schaut Terry staunend an.

Die zuckt mit den Schultern. „Ich hatte so ein Gefühl, dass der Kerl gerne reden wollte, da musste ich nur ein wenig nachhelfen.“

„Und ich war wieder kurz vorm Herzinfarkt“, jammere ich.

Terry legt den Arm um mich. „Und das, obwohl du mich doch kennst und weißt, dass ich einen guten Riecher für Zwischenmenschliches habe."

„Stimmt." Ich lehne kurz meinen Kopf an Terrys Schulter. „Sollen wir noch etwas trinken gehen?"

„Gute Idee." Terry tippt auf das Display ihres Smartphones. „Mein allwissender Begleiter sagt, dass es hier ein Pub namens ‚The Pear Tree' gibt."

„Dann mal los", sage ich, und wir setzen uns in Bewegung.

The Pear Tree ist ein viktorianisches Pub mit einem Innenhof, in dem wir einen freien Tisch finden.

„Wir haben jetzt die Adresse der Schwester, die möglicherweise die Frau ist, die ich im Büro gesehen habe", fasst Abbey zusammen. „Und jetzt?"

„Eine gute Frage." Ich sehe Terry hilfesuchend an, hoffe ich doch auf einen ihrer zündenden Einfälle.

„Dort aufkreuzen und sie zur Rede stellen, ohne irgendetwas in der Hand zu haben, kommt nicht in Frage." Terry schaut in die Karte.

„Zumal wir nicht wissen, ob und was sie damit zu tun hat", gebe ich zu bedenken.

„Duncan meldet sich bei Norah, weil er verzweifelt ist. Sogar so verzweifelt, sich umbringen zu wollen." Abbey reibt sich das Kinn. „Leider kommt so etwas häufig vor."

„Wie geht ihr in einem solchen Fall vor?", frage ich.

„Vor allem zuhören, verstehen, was bei dem Menschen los ist, woher die Gedanken kommen", entgegnet Abbey.

„Und wie bringst du jemanden davon ab?", frage ich. „Sorry, ist vielleicht eine blöde Frage."

„Nein“, entgegnet Abbey. „Wobei es, glücklicherweise, mehr Menschen gibt, die über Suizid nachdenken, als solche, die ihn vollziehen. Das heißt nicht, dass ich es verharmlosen möchte, wenn jemand darüber nachdenkt, aber meist kann derjenige von seinen Plänen abgebracht werden.“

„Überfordert so ein Gespräch dich nicht?“, fragt Terry.

„Das kommt darauf an. Hängt letztlich von meiner eigenen Stimmungslage ab. Es gibt Tage, da komme ich damit besser zurecht als an anderen. Wir haben aber immer einen Psychologen im Background, an den wir uns wenden und zu dem wir schwierige Fälle durchstellen können.“

Wir sitzen noch eine Stunde mit Abbey zusammen, und ich bin froh, dass sich das Gespräch im Verlauf von den traurigen Themen fortbewegt und wir ein wenig mehr über Abbey erfahren, die mir immer vertrauter wird. So endet dieser Abend, trotz des schweren Beginns, positiv.

Kapitel 27

„Gut geschlafen?", fragt mich Terry, als ich die Küche betrete.

„Erstaunlicherweise, ja. Eine der besten Nächte seit Tagen."

„War auch ein schöner Abend, nicht falsch verstehen."

„Ich bin froh, dass es dir ebenso geht. Ich hatte schon fast ein schlechtes Gewissen."

Terry legt mir die Hand auf die Schulter. „Was mit Norah geschehen ist, ist schlimm, aber es lag weder in deiner Verantwortung, noch darfst du deshalb nicht mehr fröhlich sein."

„Sagt auch mein Verstand. Muss nur noch bei meinem Gewissen ankommen." Ich lächle Terry an.

„Wir werden den Fall schon lösen, und dann kannst du damit abschließen."

„Das hoffe ich. Beides." Ein Gedanke schießt mir in den Kopf. „Wir haben das gar nicht mehr überprüft."

„Was meinst du?"

„Ob sich der Unfall von Norahs Eltern an einem Freitag ereignete." Ich nehme mein Handy und suche nach dem Artikel in der Times, dann reiche ich es Terry. „Kannst du mal schauen? Du bist bei diesen Sachen besser als ich."

„Klar." Es dauert nicht lange, und Terry beginnt, vorzulesen: „Ein Ehepaar im Süden Londons verstarb in der gestrigen Nacht in Folge einer Kohlenmonoxidvergiftung, mutmaßlich durch Fehlfunktion einer Gastherme. Den tragischen Fund machte die Tochter, die am gestrigen Samstagmorgen die Wohnung betrat. Nun muss eine Untersuchung die genaue Ursache der Tragödie klären."

„Von wann ist der Artikel?"

„Ein gutes Jahr her."

„Das bedeutet, dass sie sich jeden Freitag Vorwürfe und diesen Eintrag gemacht hat. Dass sie insbesondere in dieser Nacht Schlaftabletten benötigte, ist nicht verwunderlich."

Terry will etwas sagen, als ihr Handy klingelt. „Mrs Norch", sagt sie, bevor sie den Anruf entgegennimmt. „Einen Moment, Mrs Norch." Terry sieht mich an. „Kannst du kurz etwas notieren?"

Ich ziehe die Küchenschublade auf, die neben Kunststoffverschlüssen für Beutel, Batterien und anderen Kram auch einen Block und Stifte enthält. Nach Durchprobieren von vier Stiften habe ich endlich einen, der schreibt. Im Kopf vermerke ich, unbedingt diese Schublade mal aufzuräumen und die nicht mehr funktionierenden Kulis wegzuwerfen, weiß jedoch zugleich, dass es nicht dazu kommen wird.

„Queen Victoria Pharmacy in der Cornwall Road." Terry bedeutet mir, das zu notieren. „Wer das Präparat ausgegeben hat, wissen Sie nicht, oder? Habe ich mir schon gedacht. Vielen Dank, Mrs Norch. Sie haben uns sehr weitergeholfen. Natürlich halten wir Sie auf dem

Laufenden." Terry verabschiedet sich von der Apothekerin und sieht mich mit leuchtenden Augen an. „Und schon sind wir wieder im Spiel."

„Ist das die Apotheke, aus der Norah das Schlafmittel hat?"

„So ist es. Zwar wissen wir noch nicht, wer genau es ihr gab und den Tausch vornahm, aber wenn wir mit Abbey hingehen ..."

„Wird sie die Frau wiedererkennen. Falls es sich um die gleiche Person handelt, die im Büro der Telefonseelsorge war."

„Die womöglich Duncans Schwester ist."

Kribbelnd fährt mir die Aufregung in den Bauch. Am liebsten würde ich gleich hin, um herauszufinden, ob es sich tatsächlich um Duncans Schwester handelt.

„Ich auch." Terry stupst mich mit der Schulter an und hat offenbar meine Gedanken erraten.

„Leider steht vorher noch ein Arbeitstag an."

„Es kann ohnehin sein, dass wir noch mal hinmüssen." Terry greift nach ihrer Kaffeetasse, die auf der Küchenarbeitsplatte steht. „Es kann sein, dass sie heute nicht im Dienst ist."

„Stimmt." Darüber habe ich mir keine Gedanken gemacht. Gut, dass Terry in diesem Fall stets den kühleren Kopf bewahrt.

„Ich rufe Abbey an und erzähle ihr alles."

Auf dem Weg zum Café bringt Terry Abbey auf den neuesten Stand und vereinbart mit ihr ein abendliches Treffen vor der Queen Victoria Pharmacy, die sich, wie zu erwarten war, in Waterloo und damit in der Nähe von Norahs Wohnung befindet.

Der Tag im Café verläuft ruhig, und sowohl Terry als auch ich können es kaum erwarten, uns auf den Weg nach Waterloo zu machen. In der Tube reden wir kaum, jeder hängt eigenen Gedanken nach. Den Fußweg bis in die Cornwall Road legen wir ebenso schweigend zurück und werden bereits von Abbey erwartet.

„Wie gehen wir am besten vor?", frage ich.

„Ich kann reingehen und im Zweifelsfall etwas kaufen, damit es nicht auffällt", schlägt Abbey vor.

„Sie wird dich nicht wiedererkennen?"

„Kann ich mir nicht vorstellen. Falls sie mich überhaupt bemerkt hat, dann allenfalls flüchtig."

„Und falls sie es ist, konfrontieren wir sie damit?" Bereits die Frage auszusprechen sorgt dafür, dass mir die Aufregung die Kehle zuzuschnüren droht.

„Ich denke, hier wäre das ungünstig." Terry geht zur Tür der Apotheke, wirft einen Blick auf die angeschlagenen Öffnungszeiten, dann auf ihre Uhr. „Die schließen in zwei Stunden. Wir heften uns einfach an ihre Fersen, wenn sie geht, und stellen sie an einem geeigneten Ort zur Rede."

Das führt zwar nicht dazu, dass ich mich behaglicher fühle, hört sich dennoch besser an als der Versuch, die Sache in der Apotheke zu klären. Ich nicke zögerlich.

„Alles klar. Dann bin ich mal weg. Drückt die Daumen." Mit diesen Worten verschwindet Abbey durch die Tür.

Obwohl die gläsern ist, verhindert ein großer Pappaufsteller einer Medikamentenwerbung, einen Blick auf den Bedientresen zu erhaschen. Mit dem bodentiefen Seitenfenster verhält es sich leider ähnlich, sodass uns nichts anderes übrig bleibt, als abzuwarten.

Die Minuten dehnen sich endlos, während ich auf und ab gehe. Terry ist in ihr Handy vertieft. Ich vermute, dass sie sich mit Philipp austauscht.

Als Abbey endlich aus der Apotheke tritt, halte ich die Luft an. Versuche, in ihrem Gesichtsausdruck zu lesen, bevor sie sagt: „Sie ist es."

Ich bin im selben Moment erleichtert und geschockt. Stehen wir jetzt kurz davor, den Fall aufzuklären?

„In der Nähe ist ein Pub. The Kings Arms." Terry deutet in die Richtung, und wir traben los.

Es scheint, als wäre keine von uns in der Lage, die sensationelle Neuigkeit Abbeys zu kommentieren. Oder haben die beiden ebenfalls Schiss vor dem, was auf uns zukommt?

Wir nippen an unseren Getränken, bemühen uns um ein Gespräch, das nicht in Gang kommen will, während wir das, was uns umtreibt, aussparen. Aber was sollen wir groß bereden? Wenn die Lady alles abstreitet, können wir immer noch Bruce informieren, den wir ohnehin bald hinzuziehen müssen.

Auf dem Rückweg zur Apotheke sagt Abbey: „Wer spricht sie an?"

„Das kann ich übernehmen", entgegnet Terry, und in Abbeys Gesicht erkenne ich die Erleichterung, die auch ich verspüre.

Wir warten auf der anderen Straßenseite, sehen zu, wie Personen die Apotheke verlassen und schließlich eine Dame auf die Straße tritt.

„Das ist sie", zischt Abbey, und wir nehmen die Verfolgung auf.

Die eingeschlagene Richtung lässt vermuten, dass sie die Waterloo Station ansteuert. Ob die Tube ein geeigneter Ort für das Gespräch ist, können meine inneren Stimmen nicht abschließend klären, und ich tröste mich damit, die Entscheidung nicht treffen zu müssen. Das wird Terry übernehmen, wie auch das Gespräch selbst. Tatsächlich steigt die Dame in die Bahn Richtung City, und wir suchen uns Plätze, von denen wir sie gut im Blick haben, ihr jedoch nicht auffallen dürften. Da sie sich kein einziges Mal umsieht und nach dem Hinsetzen nur Augen für ihr Smartphone hat, räume ich uns gute Chancen ein.

Keine von uns spricht ein Wort. Hin und wieder werfen wir der Frau verstohlene Blicke zu. Sie verlässt die Bahn am Piccadilly Circus. Aufmerksam von ihr, denke ich sarkastisch, da das auch unsere Station ist. Als sie anschließend auch noch den gleichen Fußweg einschlägt, den Terry und ich nach Hause nehmen, weicht mein Sarkasmus Irritation. Der verrückte Gedanke, dass sie unsere Nachbarin sein könnte, schießt mir in den Kopf. Als sie in die Denman Street abbiegt, atme ich tatsächlich auf und bezeichne meine Gedanken im gleichen Augenblick als lächerlich.

Sie bleibt vor einer Haustür stehen und kramt einen Schlüssel aus der Handtasche. Terry zögert nicht, sondern löst sich aus unserer Gruppe und strebt auf die Lady zu. „Entschuldigung, dass ich Sie einfach so anspreche."

Abbey und ich bleiben wenige Meter entfernt stehen wie die Zuschauer eines Straßenkünstlers.

„Ja?", fragt die Frau.

„Sind Sie nicht Olivia, die Schwester von Duncan Lincoln?“

Warum eine komplizierte Sache daraus machen, wenn es so einfach geht, denke ich. Während ich mir Gedanken gemacht hätte, wie ich die Dame ansprechen sollte, geht Terry in die Offensive und das zurecht. Denn entweder ist die Lady wirklich Olivia und falls nicht, ist nichts verloren.

Ihr Zögern verrät bereits die Antwort.

„Ich bin, war, eine Bekannte Duncans. Wir sind uns einmal auf einer Feier begegnet, wahrscheinlich erinnern Sie sich nicht mehr daran.“

Die Frau betrachtet Terry weiterhin wortlos.

„Ich wollte Ihnen mein Beileid aussprechen. Ich habe es vor wenigen Tagen erfahren.“

Die Frau nickt. „Danke“, entgegnet sie.

„Es tut mir so unglaublich leid“, fährt Terry fort.

„Ja, es ist schrecklich.“

„Wenn man einen solchen Verlust erleidet, kann man auf seltsame Ideen kommen.“ Terry verschränkt die Arme vor der Brust.

Die Frau scheint Abbey und mich erst jetzt zu bemerken. Sie kneift die Augen zusammen und zischt: „Was soll das bedeuten?“

„Sie haben bewusst eine zu hohe Diazepam-Dosierung an Norah Gibb ausgegeben. Ist Ihnen bewusst, dass sie das mit dem Leben bezahlt hat?“

Es ist, als habe Terry eine Bombe gezündet. Ich starre Olivia an und erwarte, dass sie entweder Terry angreifen oder fliehen wird. Einen Moment steht die Zeit still, dann bricht sie in Tränen aus. Die Reaktion trifft uns alle unvorbereitet. Die anderen haben wie ich erwartet, dass Olivia abgebrüht oder aggressiv reagieren würde.

„Ich ... ich habe das nicht gewollt. Nicht so ...“, stammelt sie.

„Vielleicht sollten wir reingehen?“ Ich bin an sie herangetreten und habe eine Hand auf ihre Schulter gelegt. Erwarte, dass sie widerspricht, doch Olivia nickt.

Terry nimmt den Schlüssel aus ihren zitternden Händen, schließt auf, und gemeinsam betreten wir ihre kleine Wohnung im Erdgeschoss. Es dauert ein wenig, bis sie sich so weit beruhigt hat, dass sie sprechen kann.

„Duncans Tod hat mich schwer getroffen. Ich bin seine ältere Schwester, unsere Eltern sind schon seit einigen Jahren tot. Er hat ihren Tod nie richtig verwunden, kämpfte seitdem mit Depressionen.“ Olivia schnäuzt sich.

Wie sie dort sitzt, zusammengekauert, das Taschentuch in den Händen wringt und kaum wagt, uns anzuschauen – die Erleichterung, die ich verspürte, angesichts der Aussicht, den Fall zu lösen, wird dadurch fortgespült. Je mehr sie schildert, wie sie jahrelang versuchte, Duncan eine Stütze zu sein, jedoch nicht zu ihm durchdrang, erkennen musste, dass sie ihn mit jedem Schub seiner Depression mehr verlor, umso mehr Mitleid habe ich mit ihr. Mir wird klar, dass ich nicht nur eine andere Auflösung des Falles erwartete, sondern sogar darauf hoffte.

Ich hätte besser damit umgehen können, wäre diese Frau als eiskalter Racheengel aufgetreten, der eine Angriffsfläche für meine Trauer und damit verbundene Wut geboten hätte.

„Was ich getan habe, war unverzeihlich. Ich war so geschockt, enttäuscht, verbittert. Wollte jemanden haben, dem ich die Schuld aufladen konnte." Sie schluckt, starrt auf das zerknüllte Taschentuch in ihrer Hand. „Am Anfang wirkte es, als würden ihm die Telefonate guttun. Nach all den Therapien, den unzähligen Gesprächen, die ich mit ihm hatte, schöpfte ich Hoffnung. Ich fragte mich, warum wir nicht früher auf die Idee gekommen waren, die Telefonseelsorge anzurufen. Doch dann kam der Jahrestag des Todes unserer Eltern, das war immer der schlimmste Tag für Duncan."

„Darf ich fragen, wie eure Eltern zu Tode kamen?", fragt Abbey.

„Ein Autounfall. Vier Jahre ist das jetzt her. Duncan war da gerade achtzehn, ich achtundzwanzig."

Ich schlucke, denn obwohl ich das Geburtsdatum auf Duncans Grabstein sah, setzte mein Hirn diese Information nicht in eine Erkenntnis um.

„Ein großer Altersunterschied", sagt Terry.

Olivia nickt. „Unsere Eltern haben es nie ausgesprochen oder sich derart geäußert, aber ich glaube, dass Duncan zwar ungeplant, dafür aber nicht weniger willkommen war." Sie macht eine Pause, scheint Luft holen zu müssen, bevor sie weiterspricht: „Besonders tragisch war, dass Duncan sich für ihren Tod verantwortlich fühlte."

„Warum das?", fragt Abbey.

„Unsere Eltern waren unterwegs und ich ebenfalls nicht zu Hause. Duncan wollte auf eine Party bei Schulfreunden. Was ich vorhin gesagt habe, dass Duncan nicht weniger willkommen war, ist untertrieben. Meine Eltern liebten ihn, er war das Nesthäkchen, und ich habe ihm das von Herzen gegönnt. Er hatte ...“ Ihre Stimme bricht, und Tränen schießen ihr in die Augen, die sie mit dem Handrücken fortwischt.

Meine Hände ringen hilflos miteinander, wissen ebenso wenig wie ich, wie und ob sie reagieren sollen. Doch Olivia ist nicht nur eine Fremde, sondern diejenige, die Norahs Tod zu verantworten hat, rufe ich mir ins Gedächtnis. Mir das zu sagen, führt jedoch nicht dazu, dass ich Olivia hasse, sondern zu einer tiefen Traurigkeit. Und so streiche ich ihr vorsichtig über den Arm, bin froh über den dankbaren Blick, den sie mir schenkt, und dass sie ihre Fassung wieder erlangt.

„Duncan hat meiner Mutter am Telefon die Hölle heiß gemacht, da er sein Lieblingsshirt, das er zur Party tragen wollte, nicht fand. Und meine Mutter wollte es ihrem Liebling recht machen und überredete meinen Vater, schnell den Rückweg anzutreten.“ Olivia wischt weitere Tränen fort und schnäuzt sich. „Wären sie erst abends zurückgefahren, wie es geplant gewesen war, wären sie nicht in den Stau gelangt, an dessen Ende sie standen, als ein LKW ungebremst in ihren Wagen krachte.“ Sie schluckt und benötigt einen Augenblick, um sich wieder zu fangen. „Immer wieder habe ich Duncan gesagt, dass es nicht seine Schuld war, zumal er keines dieser Kinder war, die die Liebe ihrer Eltern ausnutzen. Auch wenn sich das so angehört hat. Es war das erste Mal, dass er meiner Mutter die emotionale Pistole auf die Brust setzte.“

Das Schweigen, das folgt, mischt sich mit der Trauer, die diesen Raum zum Bersten gefüllt hat, zu einer Mischung, die mich kaum noch atmen lässt. Derart viele tragische Schicksale, die im Tod zweier Menschen gipfeln, sind kaum zu ertragen. Ich schluchze, berge das Gesicht in meinen Händen und weine. Spüre Hände auf meinem Rücken, die mich tröstend streicheln und bin dankbar für diesen stummen Trost. Mir ist, als könnte ich weitere Worte nicht ertragen.

Wie viel Zeit vergeht, weiß ich nicht. Irgendwann reibe ich mir die Augen und sehe auf. Blicke in Gesichter, deren Augen ebenfalls gerötet sind. Es hört sich verrückt an, aber unter der Trauer liegt eine Verbundenheit. Ich fühle mich den drei Frauen neben mir nah. Selbst Terry, die stets eng mit mir verbunden war, ist noch näher an mich herangerückt. Ich hoffe, dass dieses Gefühl der Beginn eines Trostes ist, den ich bald empfinden kann.

Doch dafür muss noch etwas ausgesprochen werden. Ich sehe zu Olivia und sage: „Du hast Norahs Tabletten ausgetauscht?“ Obwohl ich die Antwort kenne, weiß ich, dass ich sie aus ihrem Mund hören muss.

„Es war Zufall. Duncan hatte mir erzählt, dass er mit einer Norah von der Telefonseelsorge gesprochen hat, sich sogar mit ihr persönlich treffen wollte, weil sie sich so gut verstanden und die gleiche Trauer teilten und ihm das half. Dann jährte sich der Todestag unserer Eltern, und Duncan fiel in ein Loch, das tiefer war als die in den Jahren zuvor. Ich machte Norah dafür verantwortlich, die das vereinbarte Treffen für diesen Tag kurzfristig absagte. Es tat so weh ...“ Olivia schluchzt.

„Du warst im Büro der Telefonseelsorge. Ich habe dich dort gesehen“, sagt Abbey.

Olivia nickt. „Als Duncan sich umgebracht hat, war ich wie von Sinnen. Ich wollte Norah finden, sie zur

Rede stellen. Sie fragen, warum sie das nicht verhindert hatte." Sie zieht ein neues Taschentuch aus ihrer Hosentasche, tupft sich die Augen. „Natürlich wollte mir die Chefin nichts sagen, aber ich habe Norahs Namen auf Dokumenten entdeckt, die auf dem Schreibtisch lagen. So kannte ich nach meinem Besuch ihren Nachnamen und die Adresse. Als sie dann in der Apotheke vor mir stand und ich den Namen auf dem Rezept las ..." Olivia schüttelt den Kopf. „Ich möchte mich nicht rausreden. Es ist furchtbar und nicht zu entschuldigen, was ich tat, aber ich war in diesem Moment nicht bei mir."

„Warum hast du nicht mit ihr gesprochen?", fragt Terry.

Olivia zuckt mit den Schultern. Frische Tränen füllen ihre Augen, rinnen dann die Wangen hinunter. „Als sie mir erzählte, dass sie nicht schlafen könne und ihr Arzt ihr das Diazepam verschreibe, dachte ich, dass sie für immer schlafen müsse für das, was sie mir angetan hat."

„Wie konntest du das nur tun!" Der Schrei bricht aus mir heraus, und ich muss mich zurückhalten, Olivia nicht zu ohrfeigen. Eine Wut, die ich nicht kenne, erfasst und ängstigt mich im selben Augenblick. Ich realisiere, dass sie der ähnlich ist, die Olivia gegenüber Norah empfand.

Ich schlucke, während mein Verstand gegen die Aggression ankämpft und schließlich obsiegt. Es wird Zeit, die Spirale der Gewalt zu durchbrechen. Ich schaue Olivia in die Augen. „Es gibt nur einen Weg", sage ich dann.

Kapitel 28

Am Morgen des nächsten Tages sitzen Terry und ich schweigend in der Küche. Das gestrige Gespräch liegt wie ein bleiernes Gewicht auf uns. Ich bin froh, dass heute unser Ruhetag ist, wobei wir ansonsten den Tag zu einem gemacht hätten. Weder Terry noch ich sind in der Lage, zu arbeiten.

„Meinst du, dass Olivia sich wirklich stellt?", frage ich Terry.

„Da bin ich mir sicher. Schon allein, weil sie mit der Schuld nicht leben kann."

Ich starre in meine Tasse, die mit Tee gefüllt ist. Für Kaffee bin ich zu ruhelos. „Sie tut mir leid, obwohl ich wütend bin, dass sie Norah das angetan hat." Trotzig wische ich die Tränen fort, die mir über das Gesicht laufen.

Terry ergreift meine Hand. „Kann ich verstehen. So ist das Leben, da gibt es selten schwarz oder weiß, dafür viele Graustufen. Olivia hat etwas Furchtbares getan, selbst wenn man ihre Verfassung womöglich mildernd berücksichtigt. Und, dass es eine Verkettung unglücklicher Umstände war. Vom Diazepam allein wäre Norah nicht gestorben, aber dass sie in dem Zustand in die Badewanne ging ..." Terry führt den Satz nicht zu Ende, muss sie auch nicht. Letztlich wird diese Fragen ein Gericht beantworten müssen.

„Ich habe gehofft, Ruhe finden zu können, wenn der Fall geklärt ist."

„Ach Süße." Terry nimmt mich in den Arm und drückt mich an sich. Ich weine leise, kann aber Trost in der Umarmung finden.

Mein Handy klingelt, und ich sehe auf das Display. „Das ist Bruce", murmele ich.

„Dann hat Olivia den Schritt gemacht."

Mit tauben Fingern nehme ich den Anruf entgegen, halte das Handy ans Ohr: „Hallo? Bruce?"

„Hey Linn. Ich hoffe, ich störe dich nicht?"

„Nein."

„Es hat sich etwas ergeben. Hast du Zeit, heute noch mal vorbeizukommen?"

„Klar."

Wir vereinbaren ein Treffen in einer Stunde.

„Und?", fragt Terry.

„Um was es geht, hat er nicht gesagt. Nur, dass sich etwas Neues ergeben hat."

„Das wird es sein. Willst du, dass ich mitkomme?"

„Lieb von dir, aber ich denke, es ist besser, wenn ich bei ihm alleine auftauche."

„Hmm. Aber meld dich, wenn du mich brauchst."

„Es gibt Neuigkeiten im Fall deiner Freundin Norah Gibb", eröffnet Bruce das Gespräch, nachdem er mir ein Glas Wasser gebracht hat. Ich fühle mich jetzt noch weniger bereit für Kaffee.

„Wirklich?", frage ich mit tonloser Stimme.

„Eine Dame hat sich heute Morgen bei uns gemeldet. Sie gibt an, in einer Apotheke zu arbeiten, von der Norah das Schlafmittel bezog, das in ihrem Blut gefunden wurde." Bruce verschränkt die Hände ineinander. „Sie sagt, dass sie Norah eine deutlich höhere Dosierung des Medikaments gab, als ihr verschrieben wurde und sie zuvor einnahm."

Ich schlucke. „Ist das ein Mordversuch?" Eine bescheuerte Frage, aber etwas anderes fällt mir nicht ein.

„Nicht direkt, da die höhere Dosis an sich nicht tödlich ist, aber natürlich ist es ein Verbrechen, wissentlich eine höhere Dosierung auszugeben und einen Schaden oder in diesem Fall sogar den Tod in Kauf zu nehmen. Ich denke, dass die Anklage auf fahrlässige Tötung lauten wird."

Ich nicke, höre dann stumm zu, wie Bruce von Duncan berichtet und dessen Verbindung zu Norah, von der wir ja bereits wussten. Froh darüber, dass die Schilderungen mich beim zweiten Mal nicht mehr so aufwühlen, sehe ich Bruce am Ende in die Augen. „Bruce, ich danke dir vielmals, dass du mir all das erzählt hast."

„Ich habe gemerkt, was dir der Fall, was dir Norah bedeutet. Ich hoffe, dass du jetzt vielleicht Ruhe finden kannst."

Erneut bin ich tief bewegt, wie Bruce an meinem Befinden Anteil nimmt. „Danke. Das ist unglaublich lieb von dir." Ich bringe ein Lächeln zustande, das durch Bruce erwidert wird.

Wir schauen einander an, und ich überlege, ob das der Moment ist, in dem aus einem anfänglichen Verknalltsein eine aufkeimende Freundschaft wird. In mir herrscht ein zu großes Durcheinander verschiedenster Gefühle, um das für mich abschließend zu klären. Mir bleibt nichts anderes übrig, als damit Bruce' Büro zu verlassen.

Kapitel 29

„Bereit?“, fragt mich Terry, und am liebsten würde ich mit „Nein“ antworten.

Wieder ein Ereignis, das ich mit gemischten Gefühlen betrachte. Einerseits bin ich froh, dass mit der Beerdigung nicht nur Norah ihre verdiente Ruhe bekommt, sondern auch ich Frieden finde, andererseits weiß ich, dass damit die Trauer die Wunde, die kaum verschorft ist, erneut aufreißen wird.

Olivias Eltern waren wohlhabend und hinterließen ihr und Duncan ein nicht unbeträchtliches Vermögen. Den Job in der Apotheke übte sie eher aus, um eine Beschäftigung zu haben. Man kann ihr nicht vorwerfen, dass sie nicht alles unternimmt, um Wiedergutmachung zu leisten. So bezahlt sie für Norah einen Grabplatz neben Duncan auf dem wunderschönen Margravine Cemetery. Mit dem Unfalltod ihrer Eltern scheinen die letzten Angehörigen Norahs verstorben zu sein.

„Werden wir jemals erfahren, was letztlich zu Duncans Selbstmord führte?“, frage ich Terry, als wir unsere Wohnung verlassen.

„Warum ist dir das wichtig?“

„Irgendwie glaube ich, dass es Licht ins Dunkel bringen würde, was Norahs Situation anbelangt.“

Terry fasst mich an den Schultern. „Linny, ich verstehe dich einerseits, andererseits musst du loslassen, dich damit abfinden, dass nicht alle deine Fragen beantwortet werden."

Ich presse die Lippen zusammen. „Sicherlich hast du recht."

„Ich weiß, dass das nicht leicht ist. Aber du solltest dich nicht kleiner machen, als du bist."

„Inwiefern?"

„Du hast einer Fremden die Hand gereicht, weil du gespürt hast, dass sie Hilfe braucht. Das ist für sich genommen schon großartig, aber damit hast du nicht aufgehört. Dir hat Norah es zu verdanken, dass ihr Tod aufgeklärt wurde."

„Danke."

Terry nimmt mich in den Arm. „Mir brauchst du nicht zu danken. Du solltest dir selbst danken und erlauben, mit dem heutigen Tag einen Schlussstrich zu ziehen." Terry löst die Umarmung und schiebt mich behutsam auf Armeslänge von sich und ergänzt: „Zumindest einen vorläufigen. Es bedeutet ja nicht, dass du die Erinnerung an Norah vollkommen aus deinem Gedächtnis streichen musst."

Wir marschieren los, steigen am Piccadilly Circus in die Tube. Ich lehne meinen Kopf an Terrys Schulter und bin wieder einmal froh, dass sie da ist. Es sind Momente wie diese, in denen ich mir Terrys und meine Zukunft ausmale: Zwei ältere Damen, mit Rollator und Krückstock unterwegs, möglicherweise sogar Bewohnerinnen des Magnolia Gardens, aber weiterhin vereint. Ich schmunzele, als ich mir Terry wie Phyllis, die mit Audrey zu Gast in unserem Café war, als Oma mit grünem Haar und Piercings vorstelle. Sie würde das Magnolia Gardens ganz schön aufmischen!

Am Barons Court steigen wir aus und laufen bis zum Margravine Cemetery. Erneut legt sich die friedvolle Atmosphäre wie eine wärmende Decke über mich, und unter die Trauer mischt sich Erleichterung und sogar ein wenig Freude, dass Norah an diesem Ort Ruhe finden wird.

Als wir die Friedhofskapelle, die Church of England Chapel betreten, bin ich enttäuscht. Ich hatte gehofft, dass mehr Menschen erscheinen würden. Doch es ist gerade mal eine Handvoll Menschen. Abbey, die eine davon ist, entdeckt uns und kommt auf uns zu.

Sie klärt uns auf, dass es sich bei den Anwesenden um die Kollegen der Telefonseelsorge handelt, dann füllen Tränen ihre Augen. Ich nehme Abbey in den Arm und flüstere in ihr Ohr: „Sie wird nicht vergessen. Sie lebt in den Erinnerungen von uns allen weiter."

Abbey nickt schluchzend. Einen Augenblick halten wir einander, dann wollen wir einen Platz in den hinteren Reihen einnehmen, doch eine Dame, die Abbey uns als ihre Chefin Mrs Green vorstellt, winkt uns nach vorne.

Sie ergreift meine Hand mit beiden Händen und sagt: „Auf gar keinen Fall werde ich zulassen, dass Sie da hinten sitzen. Ich weiß, was Sie für Norah getan haben. Sie waren ihr wahrscheinlich näher als jeder von uns und sollten das auch auf ihrem letzten Marsch sein."

Ich falle der armen Mrs Green schluchzend um den Hals, spüre, dass sie mir über den Hinterkopf streicht. Doch es sind nicht nur Tränen der Trauer, sondern Erleichterung und Rührung. An diesem Ort ist so viel Liebe für Norah und, wie Abbey es ausdrückte, hoffe ich, dass die sie erreicht, wo immer sie jetzt ist.

Die Trauerfeier geht größtenteils an mir vorbei, ich komme mir vor, als wäre ich Schauspielerin in einem Film und schaute mir selbst dabei zu. Als Mrs Green sich erhebt, fängt das meine Aufmerksamkeit.

„Ich bin dankbar, ein paar Worte über Norah Gibb sagen zu dürfen“, beginnt sie ihre Rede. „Norah hatte ein großes Herz, das offen war für diese Welt, die Menschen, das mitfühlte und für jeden, der einen Platz darin hatte, mitschlug. Sie war eine Person, die das Glück anderer stets über das eigene stellte. Die trösten wollte, Licht in eine Welt brachte, die zu oft von Schatten erfüllt ist.“ Mrs Green macht eine Pause, und ihr ist anzumerken, dass sie mit den Tränen kämpft. „Menschen, die leuchten, strahlen meist nur nach außen, auf die, die sie umgeben, und manchmal bleibt nicht mehr ausreichend Licht übrig, um die eigene, innere Dunkelheit zu erhellen. Ich möchte mich bei Norah entschuldigen, dass mir das nicht auffiel, dass ich nicht in der Lage war, hinter ihrem Glanz die Düsternis zu sehen, die sie immer mehr verschluckte.“ Mrs Green zieht ein Taschentuch hervor und tupft sich die Augen. „Doch Norah wird nicht vergessen werden, ebenso wenig, was sie geleistet und gegeben hat. In unseren Erinnerungen lebt sie weiter.“ Sie räuspert sich. „Außerdem werden wir, mit Unterstützung unserer Sponsoren, eine Stiftung ins Leben rufen, die wir ‚Norah Gibb Stiftung‘ nennen. Die Stiftung wird ein Beratungs- und Gesprächsangebot für Menschen in seelischer Not vorhalten. Das Besondere daran ist, dass es sich um einen Bus handelt, der durch London fahren wird, und in dem es separate Beratungsräume gibt. Wir hoffen, so möglichst viele Menschen erreichen zu können. Um Tragödien wie Norahs, aber auch Duncan Lincolns, verhindern zu können." Sie nickt einem jungen Mann zu, der sich erhebt und einen Karton nach vorne bringt.

Mrs Green sieht mich an. „Wir benutzen Pseudonyme. So können die Anrufer nach einer bestimmten Person verlangen, ohne, dass deren Identität preisgegeben wird. Als wir eine Todesanzeige für Norah mit ihrem Pseudonym schalteten, trafen die hier ein." Sie überreicht mir den Karton.

„Was ist das?", frage ich.

„Machen Sie auf."

Ich schaue in den Karton. „Briefe?"

„All die Menschen, denen Norah zuhörte und damit geholfen hat. Die tief betroffen sind. Ich dachte, dass Sie die gerne lesen würden, um zu sehen, was Norah bewirkt hat. Natürlich haben wir die Absender geschwärzt."

Ich nicke stumm, während Umschlag für Umschlag durch meine Hände wandert. Ich begreife, dass die Menschen, die Anteil an Norahs Schicksal nehmen und für die sie Stütze war, aufgrund der Anonymität der Telefonseelsorge heute nicht hier sein können.

„Ich denke, dann können wir", sagt Mrs Green zu Terry.

Bevor ich nachfragen kann, was damit gemeint ist, erhebt Terry sich, verlässt die Kapelle und kehrt mit zwei älteren Damen zurück. Es sind Phyllis und Audrey. Beide tragen grüne Hosenanzüge, die erstaunlich gut mit Phyllis' immer noch grüner Haarfarbe harmonieren.

„Wir tragen die Farbe der Hoffnung", kommentiert Audrey.

„Die darf man nie verlieren", ergänzt Phyllis. Dann fasst sie Audrey bei der Hand, und die beiden stimmen „That's what friends are for" an.

Ich sehe erst Terry, dann Abbey an, die beide meine Hände ergreifen. Wir lächeln einander zu. So traurig dieser Tag ist, er legt den Grundstein für etwas Neues. Die Tränen laufen, doch in mir keimt bereits Zuversicht. Norahs Tod war unnötig, jedoch nicht vergebens, und auch ich sollte einen Menschen nicht aus den Augen verlieren: mich selbst.